小学语文新课标必读丛书

童话大王

Tonghuadawang

主编 李筱华

WUHAN UNIVERSITY PRESS
武汉大学出版社

图书在版编目（CIP）数据

童话大王 / 李筱华主编. — 武汉:武汉大学出版社,2013.6

（小学语文新课标必读丛书.会飞的课本）

ISBN 978-7-307-11048-9

Ⅰ.①童… Ⅱ.①李… Ⅲ.①童话—作品集—世界 Ⅳ.①I 18

中国版本图书馆 CIP 数据核字(2013)第 125995 号

责任编辑：郭志安　方方

出版发行：**武汉大学出版社**（430072　武昌　珞珈山）

（网址　www.wdp.com.cn）

印　刷：湖北鑫光印务股份有限公司

开　本：880×1230　1/32　印张：7.125　字　数：180 千字

版　次：2013 年 10 月第 1 版　　2017 年 4 月第 4 次印刷

ISBN 978-7-307-11048-9　　定　价：13.80 元

每本书中都藏着一个故事精灵，它们从故事中诞生，穿梭在这些故事中，守护着这些故事！作为最了解这本书的家伙，让故事精灵告诉你本书中都有些什么稀奇的栏目，让你更好地阅读本书！

栏 | 目 | 诠 | 释 |
LanMuQuanShi

1 赠给你的一句话

在每个故事的前面，故事精灵都会赠给你一句话，从这句话中，你可以知道接下来的故事要说给你听的道理，更好地体会故事的意义！

2 变了色的好词好句

每个故事中都有许多优秀的词语和句子，故事精灵把它们找出来，变了个颜色，让你可以轻而易举地看见它们，试着在看书的过程中记住它们吧！

3 躲在括号里的注释

有些词语你可能还不太懂它们的意思，故事精灵将这些词语的意思藏在了后面的括号里，不要忘记它们！

4 弄丢了颜色的图

书中有一些单色图，它们不小心弄丢了颜色，故事精灵请你帮忙找到对应的不干胶，把颜色贴回到它们身上！

导读
Daodudaodu

　　壁炉里燃烧着熊熊的火焰，外婆在摇椅上翻开一本童话，昏黄的灯光让一切都显得温馨起来，跳动的火焰映照在窗户上，和着外婆高低起伏的声音向孩子讲诉着一个个神奇的故事……我愿成为这个听故事的孩子，你呢？也许这就是童话的起源——让每个孩子都能在爱中成长。

　　为什么公主每天早上起来，鞋子都磨破了？为什么要学习害怕？相思鸟真的可以给人带来幸福吗？嫦娥是怎么到月亮上去的？弟兄俩的探险途中发生了什么，他们找到幸福的宝藏了吗？……触摸坚实的纸页，你可以在书中一一获得答案。这些童话中的主人公带给我们一个缤纷美丽、善恶分明的世界，让我们相信世间总存在一个英雄，会救人于水火之中，而诚实善良的人，也会得到幸福与美满的归宿，邪恶狡诈的人会受到应有的惩罚。

　　树立心中的正义和执着，带着希望和热血走向未来人生，将这些故事当糖果存在记忆的玻璃瓶里，做一个拥有很多很多故事的人吧！

会飞的课本 目录
Concents

gōng zhǔ de mì mì
公主的秘密

凡事要勇于尝试，尝试过程中要小心谨慎，
谋而后动，让自己达到目的。

yǒu gè guó wáng　　tā yǒu shí èr gè nǚ ér　　měi yí wèi
有个国王，她有十二个女儿，每一位

dōu zhǎng de 如花似玉 tā men zài tóng yí gè fáng jiān shuì
都长得如花似玉。她们在同一个房间睡

jiào　　yè wǎn yí dào　　fáng mén jiù huì bèi shàng suǒ
觉，夜晚一到，房门就会被上锁。

kě shì yǒu yí duàn shí jiān měi tiān zǎo shàng qǐ lái hòu
可是有一段时间每天早上起来后，

guó wáng jiù huì fā xiàn tā men de xié zi dōu mó pò le　　jiù
国王就会发现她们的鞋子都磨破了，就

xiàng tā men tiào le yì zhěng yè wǔ shì de　　dào dǐ fā shēng le
像她们跳了一整夜舞似的。到底发生了

shén me shì ne　　　　tā men dào nǎ er qù le ne
什么事呢？她们到哪儿去了呢？

guó wáng hěn shì tóu téng　　yú shì　　　tā biàn tōng gào quán
国王很是头疼，于是，他便通告全

guó　　shuí néng jiě kāi gōng zhǔ de mì mì　　shuí jiù kě yǐ rèn xuǎn
国：谁能解开公主的秘密，谁就可以任选

一位公主做妻子，还可以继承王位。但要是这个人在三天之后没有查出结果，他就得被处死。

不知道有多少王公贵族为娶到美丽的公主，甘愿冒杀头的危险。不幸的是，他们**无一例外**都找不出原因，全都做了国王的刀下鬼。

有个士兵决定试试运气，因为他曾经碰到一位老婆婆，这位老婆婆告诉他，只要不喝公主给他的酒，并且在她们要行动之前，假装睡熟就成。老婆婆还送给他一件**隐形**披风，说一定会派上用场。

士兵来到国王面

前，接受了这项冒险的任务。

到了晚上，大公主果然殷勤地给他端来一杯葡萄酒，但这位士兵悄悄地把酒倒掉了。然后躺在床上，假装睡着了。公主们听到他的鼾声，都开心地大笑起来，并开始打扮了。打扮完毕后，大公主走到自己的床前拍了拍手，床马上沉到地板里面，一扇地板门突然打开了。士兵看见公主们一个接一个地走了进去，他也马上披上老婆婆送给他的那件披风，紧随她们而去。

她们相继走过了三片美丽的树林，一片是银子的，一片是金子的，还有一片是钻石的。每到一处，士兵都折下一段树枝，用来当作物证。

最后她们来到了一个大湖边。湖上有十二条小船，每条船上都有一个英俊的王子，王子们载着公主们划到了湖对岸一座美丽的宫殿里，他们就在宫殿里跳起舞来。

谁也不知道士兵的存在，只是每当有公主要喝酒时，士兵总是暗暗上前将酒喝完。小公主非常害怕，而大公主却老是要她不要作声。

公主们一直跳到所有的鞋子都磨破，才恋恋不舍（不忍分离）地离开。当她们回到楼梯口时，士兵立即跑到她们前面，自己先到床上去躺下了。

这样过了三天，士兵带着从地下宫殿带回的物证，来到国王面前。

guó wáng wèn dào
国王问道：

gōng zhǔ de mì mì shì shén
"公主的秘密是什

me
么？"

shì bīng huí dá dào
士兵回答道：

tā men shì zài dì xià de yí
"她们是在地下的一

zuò gōng diàn lǐ yǔ shí èr gè
座宫殿里与十二个

wáng zǐ tiào wǔ   jiē zhe   tā
王子跳舞。"接着，他

hái ná chū le wù zhèng
还拿出了物证。

zhè xià gōng zhǔ men kě méi fǎ dǐ lài   zhǐ hǎo dī tóu
这下公主们可没法抵赖，只好低头

rèn shū   shì bīng xuǎn le nián jì chà bù duō de dà gōng zhǔ zuò
认输。士兵选了年纪差不多的大公主做

qī zi   bìng qiě dàng tiān jiù jǔ xíng le hūn lǐ   zuò wéi wáng
妻子，并且当天就举行了婚礼。作为王

wèi de jì chéng rén   tā yǒu yì tiān hái huì dāng guó wáng ne
位的继承人，他有一天还会当国王呢。

傻小子学害怕

有时，费尽心思要做的事情却未能做成，而在不经意间却成功了，人生如此，关键要放平心态。

有位父亲，他有两个儿子。大儿子**聪明伶俐**，小儿子别的不学，偏偏要去学"害怕"。父亲向教堂的神父抱怨，神父却**胸有成竹**（比喻做事之前已经有通盘的考虑）地说："这事交给我好了，我来教训教训他。"于是神父把小儿子叫到教堂钟楼上，并让他半夜起来去敲钟。到了半夜，神父裹着白被单上去了，其实，他就是想吓唬一下傻小子。可是，你猜怎么样？

傻小子不但不怕，还一把将裹着被单的神父推下了楼梯。这下，可把傻小子他爸爸给气坏了，一气之下给了傻小子五十个银币，便把他赶出了家门。傻小子倒没觉得咋样，反而觉得这可以让他去世界上闯一闯，说不定就学会害怕了呢。

傻小子从家中走出来，一个路人对傻小子说："你瞧！那边有棵树，树上一共吊着七个强盗。你坐在树下，等到天黑了，你准能学会害怕。"傻小子一听，可乐了。"要是我真的这么快就学会了害怕，我这五十个银币就归你啦。明天来拿吧。"

这一晚，傻小子就在绞刑架下度过。他好心地把死人们一个个地从绞架上解下来，好和他一起烤火。第二天，路人满心欢喜地等着拿傻小子的银币，可是听傻小子对昨晚的描述，他失望啦。走的时候他还说道："我活这么大岁数还从来没有见到过这样的人呢。"

傻小子又上路了，终于又有人建议他说："王宫的附近有一个魔宫，谁要想知道害怕是怎么一回事，只要在那里待三个夜晚就行了。国王许诺，只要待够了三个夜晚，就把公主嫁给他。公主可是天底下最美丽的少女呢。而魔宫里的金银财宝虽然有魔怪们把守，

8

但一旦得到，足够让穷光蛋变成大富翁的。"这可把傻小子乐坏了。

第二天早晨，傻小子终于求得了国王的同意，进魔宫的时候，他带了三样东西：一堆柴火、一个木匠工作台和一台带刀的车床。黄昏时分，傻小子在魔宫的一个房间里生起了一堆熊熊燃烧的大火。他把木匠工作台和车床放在火堆旁边，自己则靠着车床坐下。

快到半夜的时候，不知从哪儿跳过来两只邪恶的大黑猫，还提出要跟傻小子打牌。长指甲的黑猫把傻小子惹烦了，他几下就把两只黑猫给打死了。本以为这下可以消停了，没想到蹿出了更多的猫猫狗狗，还非常讨厌地想把傻小

子的篝火给弄灭，这下傻小子可不干了，

三下五除二就把他们都给结果了。

第二天又是快到半夜时，一群鬼怪

顺着烟囱爬了下来，他们都是些半拉的

身子拼凑起来的。不过他们带来了九根

大骨头和一个骷髅，还很开心地玩起了

保龄球。傻小子也想跟着玩，玩到午夜

钟声响起，鬼怪们都消失了。傻小子只

好默默地躺下睡觉。

第三天晚上，留着长长白胡子的高

个子老魔怪来啦，吵着要和傻小子比谁

劲儿大。他领着傻小子穿过黑乎乎的通

道，来到一个铁匠炉前。老魔怪举起一

把斧头，猛地一下，就把一个铁砧砸进了

地里。傻小子一把抓起斧头，一斧就把

请将不干胶对号入座，贴在正文中相应的位置。

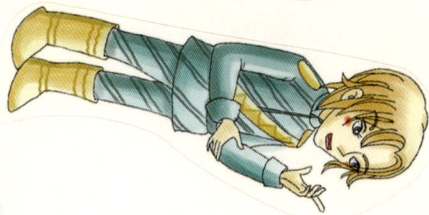

铁砧劈成两半，还把老魔怪的胡子紧紧地嵌了进去。这下，傻小子顺手抓起一根铁棍，对着老家伙就乱打起来，直到打得他求饶并告诉傻小子说，如果他住手，他会得到一大笔财富。于是傻小子将斧头拔了出来，老魔怪领着傻小子回到魔宫，给他看了三个大箱子，箱子里装满了黄金，"一箱给穷人，"他说道，"一箱给国王，另一箱就是你的了。"

正在话的时候，午夜钟声敲响，这个老魔怪一下子也消失了，只剩下傻小子一个人站在黑夜之中。

次日早上，国王看见

傻小子安然无恙，马上同意把公主嫁给他。可是傻小子还是很懊恼，因为他还没有学会害怕。结婚以后他仍然不停地唠叨："我要是会害怕该多好啊！我要是会害怕该多好啊！"公主终于被他唠叨得烦了。

一天，公主在傻小子睡觉的时候，把一桶鱼连同水一股脑儿地倒在了他的身上。鱼在傻小子身上这么一跳，傻小子一下子就惊醒了，大喊大叫："我害怕！哎呀！到底是什么使我害怕的呀？亲爱的，这下我可知道害怕是怎么回事啦！"

相思鸟

xiāng sī niǎo

命运是靠自己决定的，没有一开始就决定好的人生，对未来充满希望才是最重要的。

街道尽头有一所小学。大街右手边的角落里坐着吉卜赛人老迪娜，她的笼子里养了一对相思鸟。大街左手边的角落里坐着苏珊，她是卖鞋带的。苏珊以为她快九岁了，其实她自己并不清楚究竟几岁。至于老迪娜的年龄，大得连她自己也记不清了。

每天上午十二点半，孩子们放学回家，苏珊就会想起该是吃午饭的时候了，差不多每天都有一两个小女孩或者小男孩停在老迪娜的相思鸟旁边，掏出他们的便士来，说："给我算个命。"

相思鸟可真是一种非常美丽的鸟儿！——他们不仅看上去很神奇，草绿色的身子光滑可爱，还有一条长长的蓝尾巴，而且尤其神奇的是你只要付一个便士，他们就能抽一张纸签替你算个命，别处可找不到这样的便宜。

小孩走去用一便士算命时，老迪娜说："你把手指伸进笼子，亲爱的！"小孩

照她说的做了，这时，两只相思鸟中的一只就会跳到他的手指上，扑扇几下翅膀。接着，老迪娜拿出一小包纸签，里面有粉红色的、绿色的、紫色的、蓝色的和黄色的。这包纸签平常总挂在笼子的门外面。美丽的相思鸟用弯弯的嘴巴衔出其中一张纸签递给小孩。可怪就怪在相思鸟怎么会知道哪个孩子将来有个什么样的命运呢？怎么会抽到一张说出玛利安、西利尔、海伦和荷格将来命运的纸签呢？所有的孩子都会聚在一起研究那些五颜六色的纸条，感到非常奇怪。

"你抽到的是什么签，玛利安？"

"我将和一个国王结婚，是紫颜色的。那你的呢，西利尔？"

"是绿颜色的，说我要去进行一次长途旅行。海伦，你的呢？"

"我是一张黄颜色的，"海伦说，"说我要生七个儿子。荷格，你抽的是什么签？"

"是蓝颜色的，说我干什么都会成功。"荷格说。接着，他们一个个都跑回家去吃午饭了。

苏珊**全神贯注**（精神高度集中）地听了他们的谈话。求一个签该多妙啊！要是她有一个便士可以随便花花该多好呀！但是苏珊从来就没有一个便士的零花钱，甚至有时连买食物填饱肚子的一个便士都没有。

一天，孩子们都已经回家，老迪娜在太阳光下打瞌睡，一件难得的好事发生

了。鸟笼的门没有关好，其
中一只相思鸟跑了出来，老
迪娜在角落里睡着了，
没有看见，苏珊没
有睡，她看见
了。她看到那
只绿色的小鸟

从栖木上跳下来，飞
到人行道上去，她看到小相思鸟沿着路
旁的镶边石跳过去，同时她还看到沟里
蹲着一只肚子饿瘪的猫。苏珊的心咚咚
直跳，连忙跳起身来，抢在猫前面跑过马
路去，嘴里叫着，吓唬那猫。
　　猫转身跑掉了，仿佛他刚才根本没
有动过什么坏脑筋。苏珊把手伸向相思

鸟，小鸟跳上了她的手指。在这么一个明朗的夏天有一只相思鸟落在你的手指上，那是多么好的事情啊，这是苏珊一生中最美好的时刻。但还有更好的呢，当他们走回笼子门口时，相思鸟探头过去，用弯弯的嘴，在小纸包里衔出一张淡粉红色的纸签送给苏珊。她简直不敢相信这是真的，可这明明是真的。她把相思鸟送进鸟笼，手中拿着纸签跑回她的角落里去。

后来玛利安、西利尔、海伦和荷格不再上学了。他们的纸签早就丢失了，也早就把纸签上的话忘得一干二净。玛利安同一个青年化学家结了婚，西利尔整天坐在办公室里，海伦根本就没有结婚，荷格什么事也没有做成。

苏珊终生保留着她的纸签，白天，她把它放在口袋里；晚上，她放在枕头下。她不知道上面写的是什么，因为她不识字。但那是一张淡粉红色的纸签，她没有出钱买纸签——那是相思鸟送给她的。

嫦娥奔月

本性善良的嫦娥为保护仙丹而离开心爱的人。它的故事至今广为流传，让人赞叹。

相传，远古时候有一年，天上出现了十个太阳，直烤得大地龟裂、海水干枯、生灵涂炭（处在极端困苦的环境），百姓们眼看就活不下去了。

就在这时，一个名叫后羿的神射手，登上昆仑山顶，拉开天帝赐给他的神弓，一口气射下了多余的九个太阳。

后羿拯救了老百姓，他出神入化（技艺达到绝妙境界）的箭法也远近闻名，不少人慕名前来拜师学艺。其中有个叫蓬蒙的，是个心术不正的坏家伙。

不久，后羿娶了个美丽善良的妻子，她就是嫦娥。后羿与嫦娥相亲相爱，非常幸福。

一天，后羿到昆仑山访友求道，巧遇由此经过的王母娘娘，便向王母求得一粒不老药。

据说，服下这不老药，就能即刻升天成仙。可是不老药只有一粒，后羿不愿撇下恩爱的妻子独自成仙，就把不老药交给嫦娥珍藏，嫦娥把他藏在百宝匣中。不料这一切都被蓬蒙看在眼里，听在耳中。

几天后，后羿领着徒弟们外出狩猎，心怀鬼胎的蓬蒙装病不去。等后羿率领众人走了以后，蓬蒙手持宝剑闯入内宅后院，威逼嫦娥交出不老药。嫦娥知道自己不是蓬蒙的对手，危急之时她**当机立断**，转身打开百宝匣，拿出不老药一口吞了下去。

嫦娥吞下药，身子立刻飘离地面，冲出窗口，向天上飞去。由于嫦娥牵挂着丈夫，便飞落到离人间最近的月亮上成了仙。

傍晚，后羿回到家，侍女们哭诉了白天发生的事。后羿既惊又怒，抽剑去杀恶徒，可是蓬蒙早就逃走了。**悲痛欲绝**的后羿，仰望着夜空呼唤着嫦娥，他惊奇地发现，今晚的月亮格外皎洁明亮，月亮上有个晃动的身影酷似嫦娥。后羿急忙派人到嫦娥喜爱的后花园里摆上香案，放上她平时最爱吃的蜜食鲜果，遥祭在月宫里眷恋着自己的嫦娥。

百姓们闻知嫦娥奔月成仙的消息后，纷纷在月下摆设香案，向善良的嫦娥祈求吉祥平安。从此，中秋节拜月的风俗在民间传开了。

"聪明"的爱尔莎

cōngmíng de ài ěr shā

真正聪明的人，勤劳、乐观、热爱自己的生活，并会努力地做好事情，而不是自作聪明地想无用的事情。

从前有一个姑娘，叫"聪明的爱尔莎"。她长大了，父亲说："我们该让她嫁人了。"母亲说："是啊，但愿会有人来求婚。"

后来有个叫汉斯的人从远方来向她求婚，但有个条件，那就是"聪明的爱尔莎"必须是真正的聪明才行。

父亲说："啊，她充满了智慧。"母亲

说:"她不仅能看到风从街上刮过,还能听到苍蝇的咳嗽。"

汉斯于是说:"好啊,如果她不是真正聪明,我是不愿意娶她的。"

他们坐在桌边吃饭的时候,母亲叫爱尔莎到地窖里拿些啤酒来。爱尔莎在从啤酒桶里取啤酒的时候,忽然看见头顶上挂着一把斧头……

爱尔莎哭着说:"假

如我和汉斯结

婚,生了孩子,

孩子大了,我们

让他来地窖取啤酒,

这斧头会掉下来把他砸

死的!"她坐在那儿,想到

将来的不幸，放声痛哭。

上面的人还等着喝啤酒呢，可总不见爱尔莎回来。于是女仆下来了，爱尔莎一看见女仆就把自己的想法说给她听，女仆也开始为这件不幸的事哭起来。

上面的人不见女仆回来，男仆下来了，男仆听了爱尔莎的理由，也跟着哭了起来。上面的人不见男仆回来，母亲也下来了，可是母亲下去了，也被爱尔莎的想法给说哭了。爸爸也下来了。这下可好，一家子都为爱尔莎的担心哭了起来。

只有待在上面的汉斯还蒙在鼓里，汉斯见这一家子这么半天还不上来，决定也下去看看。他来到地窖，看到五个人都在伤心地痛哭，而且一个比一个哭得伤心，于是问："究竟发生什么不幸的事情了？"

爱尔莎马上说了她哭的原因。汉斯听了以后，说："好吧，替我管家务不需要太多智慧。我同意和你结婚啦。"就这样，汉斯娶了爱尔莎。

爱尔莎跟汉斯结婚不久，汉斯要出门挣钱，就叫爱尔莎到田里割些麦子，好做些面包带着路上吃。爱尔莎带着午餐来到麦地里。

"我是先吃饭还是先割麦子呢？对，还是先吃饭吧。"她吃饱了饭又说："我是先睡觉还是先割麦子呢？对，还是先睡上一觉吧。"她在麦地里睡着了。

汉斯等了半天也不见她回来，就想

yí dìng shì ài ěr shā
一定是爱尔莎

gàn huó er wàng le huí
干活儿忘了回

jiā chī wǎn fàn le
家吃晚饭了。

yú shì hàn sī lái dào
于是汉斯来到

dì lǐ kàn dào de qíng
地里，看到的情

jǐng shì mài zi yì diǎn méi
景是：麦子一点没

gē ài ěr shā què zài dì lǐ shuì dà jiào bǎ jì zhe xiǎo líng
割，爱尔莎却在地里睡大觉，把系着小铃

dāng de bǔ què wǎng zhào dào tā shēn shàng tā dōu méi xǐng hàn
铛的捕雀网罩到她身上，她都没醒。汉

sī qì de jué dìng bù guǎn tā zì jǐ huí le jiā
斯气得决定不管她，自己回了家。

tiān wán quán hēi le ài ěr shā xǐng le tā zhàn qǐ
天完全黑了，爱尔莎醒了。她站起

lái tīng dào zhōu wéi yǒu dīng dīng dāng dāng de xiǎng shēng ér qiě měi
来，听到周围有叮叮当当的响声，而且每

zǒu yí bù dōu tīng dào líng dāng de xiǎng shēng tā gěi xià hú tu
走一步都听到铃铛的响声，她给吓糊涂

le jū rán bù zhī dào zì jǐ shì bú shì ài ěr shā le
了，居然不知道自己是不是爱尔莎了。

yú shì tā xī li hú tú de lái
于是，她稀里糊涂（形容头脑糊涂）地来

dào jiā mén kǒu qiāo zhe chuāng hu dà shēng de wèn hàn sī
到家门口，敲着窗户大声地问："汉斯，

爱尔莎在家吗？"

汉斯回答说："在家。"

她大吃一惊："天哪！那我不是爱尔莎。"于是她走去敲别人家的门，可是人们听到铃铛的响声都不肯开门，因此她无法找到住处。

最后她只好走出了村子，人们从此再也没有见到过她。

仙鹤女儿

xiān hè nǚ ér

滴水之恩当涌泉相报,我们要像仙鹤女儿一样做一个懂得回报他人的人。

从前,有这么个地方,住着一个老头儿和他的老太婆。他们的日子过得挺贫苦,可是,却一直很和睦(相处融洽)。

有一年的隆冬时节,老头儿背着柴火,到镇上去卖。走到半路,纷纷扬扬地下起雪来了。天冷得好像喘气都要冻成冰一样。

忽然,老头儿听到前面有扑棱扑棱的声音,走过去一看,原来是一只仙鹤,被夹子夹住了，在拼命挣扎。老头儿把仙鹤从夹子上解了下来，放走了。

晚上老头儿一到家，就把解救仙鹤的事儿告诉了老太婆。两人正为做了一件好事高兴着，门外突然响起了一阵敲门声。

"对不起！有人吗？"开门一看，门外站着一个小姑娘，还是个很漂亮的小姑娘，脸儿白白净净的。小姑娘闪动着乌黑的大眼睛，说："我是过路的。雪太大了，很不好走，想借个宿。"

老头儿和老太婆听了很惊讶，心想："这小

姑娘，怎么这样天气还一个人出门呢？"
但他们还是让小姑娘坐在壁炉旁，给她
吃热乎乎的粥。晚上，还把家里所有的
被褥都给她铺盖上了。他们自己呢，却
睡在稻草里。

第二天早上，老头儿和老太婆惊得
目瞪口呆——壁炉里，生起了红彤彤的
火。水缸里，挑来了清亮亮的水。屋里
屋外，都打扫得干干净净的。昨天晚上
的那个小姑娘，系着红背带，在麻利地干
活儿。小姑娘说，爸爸妈妈都不在了，只
剩下她孤零零的一个人。于是，小姑娘
就成了老爷爷和老奶奶家的孩子。

不久，新年来临了。可是两个老人
实在是很穷，哪有钱过年呢。

小姑娘说话了："从今天起，我要开始织布。不过，我织布的时候，你们可千万别看。"老头儿和老太婆听了，觉得很奇怪，但还是答应了。于是，小姑娘闷在织布房里织起布来。

三天过去了。小姑娘从织布房里出来了，手里拿着一匹布。这布，银光闪闪，漂亮得简直没法形容。

小姑娘让老爷爷把布拿到镇上去卖，而且嘱咐他千万别给布定价。布料果然卖了个很高的价钱。老爷爷惊得目瞪口呆，飞也似的奔回家来。

好心的老头儿和老太婆有钱了，叫来了全村的孩子们，给他们做好吃的。

新年一过，小姑娘又织起布来了。

会飞的课本

Huifeidekeben

"我织缎的时候，老人家怎么想看，也千万别看。"小姑娘再三叮嘱。"噢，噢！一定不看就是了。"老头儿和老太婆又同意了这个约定。

两天过去了。老奶奶实在忍不住，就扒着门缝向房间里瞧去。"啊！——"老太婆才看了一眼，就哆哆嗦嗦地浑身直打颤。原来，里边是一只仙鹤，正在用

她长长的嘴，薅（拔）着自己的大羽毛织布。

织布房的门，轻轻地打开了。随后，小姑娘出来了，她显得很消

瘦，手里拿着还没织完的布。

"爷爷奶奶，我就是那个雪天被解救的仙鹤。我本想再织一匹锦缎报答救命之恩。可是，一旦被发现，我就该走了。"

话音没落，小姑娘现出原形——一只羽毛拔得精光的仙鹤，腾空飞起，嘶哑地叫了一声，飞离而去。老爷爷和老奶奶懊悔不已，但是仙鹤女儿报恩的故事却一直流传了下来。

月光 公主
yuè guāng gōng zhǔ

让事情顺其自然地发展，珍惜过程，不必过于强求地把人或物留在身边，只要亲人幸福就好。

从前，有一个老头儿，每天以砍竹为生，所以人们都叫他"老竹翁"。

有一天，老头儿跟往常一样，上山去砍竹。老头儿走进竹林，四下一看，发现了一根根部放光的竹子。"啊？"老头儿有点纳闷（疑惑），于是，砍下了这根竹子。

这时，奇怪的事情发生了：竹子里有一个小女孩。老头儿只有一个老伴，没儿没女，这小女孩简直是老天爷赐给他们的，可把老两口乐坏了。冷冷清清的家，这下子可就热闹起来了。更奇怪的是，从此以后，老头儿砍竹子的时候，经常在竹子里发现各种各样的宝贝。老头儿家的日子，渐渐地好起来了。

小女孩天天见长。三个月的光景，就长得完全像个大人似的了。

自从有了这个小女孩，家里不论是墙根还是屋角，都亮亮堂堂的了。于是，老头儿便给她起名叫"月光公主"。

"这可是个既温柔又美丽的月光公主！""这月光公主，聪明过人，长得出众！”街坊邻居都这样称赞着。

月光公主从竹子里生下来后，平安地度过了三年。这年春天，月光公主时常一个人对着月亮，满脸悲伤。

老爷爷和老奶奶不安了，问道："怎么了，干吗那样心事重重的呢？"月光公主只回答："不，什么事也没有。"

秋天来了，眼看要到中秋节了。月光公主每天晚上总是抽抽搭搭地哭个不停。两个老人一问原因，她终于说道："我本是月宫上的人，今年中秋晚上，月宫要来人接我。看来非分别不可了，我实在舍不得你们哪。"两位老人听了很吃惊，于是就向皇帝请求保护月光公主。

转眼到了八月十五，从皇宫里来了

很多卫士。他们手持着刀和弓箭，把老头儿家层层包围起来了。天黑了，一轮明月从东山升起来了。

"要是闺女走了，可怎么办哪？"老奶奶领着月光公主，藏到仓库里去了，老爷爷站在仓库门口。

月亮渐渐升高，这一带也随着被照得如同白昼。不一会儿，月亮周围浮起了白云，随即，不知从什么地方传来了美妙的音乐声。一看，一大群人驾着车子，乘着那白云，从天而降。

皇帝的卫士们，被月光照得眼睛发花，一点办法也没有了。仓库的门也自动地开了。月光公主由仙女领着，出来了。

"谢谢二老三年来的照顾，希望你们

每到月光皎洁的晚上，都能够想起我啊。"

然后，月光公主换上了月宫的衣着。

月光更加明亮了，载着月光公主的车子，冉冉地升上了天空。

月宫的音乐声也渐渐地远去了。

小泰莱莎

一个最普通的人，只要他敢于同恶人作斗争就能成为一个巨人。

泰莱莎是一位小巧聪明的姑娘，可爱得像个玩具娃娃，因此，大家都叫她小泰莱莎。她还有个小弟弟叫安塞尔暮，他们俩的感情可好啦。他们与爸爸、妈妈、奶奶住在山上的一个乡村里，日子过得非常快活。

后来，爸爸在战争中战死了。小泰莱莎非常痛恨战争，因此竟发誓再也不想长大。自从那天起，小泰莱莎果真再也不长了。于是"不肯长大的小泰莱莎"这个绰号，从此就叫开了。

然而妈妈由于悲伤过度，加之劳累，得了重病，被送进了医院。这样，家里的一切活儿都压在了年老的奶奶身上了。

奶奶一边打水一边说："这一桶一桶的水太重了。唉，小泰莱莎，如果你能快点长大就好啦，也好减轻我的一点负担呀。"

"看来没有别的办法可想，"小泰莱莎说，"只有长大一点，但只能长大那么一丁点儿，能帮助奶奶干活就行了。"说来也真怪，她真的就让自己长大了那么一丁点儿，然后就去井边打水。奶奶见她手提满满一桶水，毫不费力地走进家里，高兴极了，把她亲了又亲。

奶奶又让她弄点草料给母牛吃。于是，小泰莱莎就跑进她家附近的一间牛棚里，双手抓住一捆草，但是提不起来。它们重得就像是铅块似的。

"没有办法，"小泰莱莎说，"看来，我还得再长大一点儿。"话音刚完，她真的又长大了一点儿。这样，她就和她以前的女伴们几乎一样高了。可是人们因叫惯了，仍然叫她"不肯长大的小泰莱莎"。

可是奶奶不久也去世了，而妈妈仍在医院里。

家中的一切事情又全落到了小泰莱莎的身上了。

为了照顾弟弟，为了照顾妈妈，还要忙家务活，小泰莱莎一点点地要求自己长大。这下可好，现在她可成了村子里最高最漂亮的姑娘之一了。如果她再长下去的话，人们可就要给她换绰号了。但小泰莱莎不在乎，只要能帮助人，长得再高些才好呢。

有一天，从山上下来一个全副武装的强盗，他一进村，就恶狠狠地命令村民赶快交一公斤的金子给他。

村里女人忙着凑金子，男人也都很怕他。只有小泰莱莎跑回家，站在镜子面前大声地叫了起来："让我长成巨人吧。"话音刚落，她果然飞快地长了起来。头顶天花板，她不满足；和屋顶一样高，她还不满意；直到长得和烟囱一样高，她总算决定不长了，她要动身去惩罚那个强盗啦。

小泰莱莎来到广场上，一把抓住强盗的脖子，然后把他放在钟楼顶上，强盗想逃跑的时候，不小心从钟楼上掉下来，一下子就摔死了。

大家都从家里出来，为小泰莱莎欢呼。"这一次我长得太多了，"她说，"可有什么办法呢，总不能眼看强盗胡作非为呀！"

谁知，就在这个时候，发生了一件奇妙的事情：小泰莱莎每走一步，她的高大

shēn cái jiù suō duǎn yí duàn　　zhí dào chéng wéi yí gè piào liang de
身材就缩短一段，直到成为一个漂亮的
zhōng děng shēn cái de gū niang
中等身材的姑娘。

xiǎo tài lái shā gāo xìng de wēi xiào zhe　　yí jù huà yě
小泰莱莎高兴地微笑着，一句话也
méi shuō
没说。

dì xiong liǎ

弟兄俩

没有尝试就不要轻言放弃，只要尽了最大努
力就没有遗憾，经历本身就是一种财富。

cóng qián　　　yǒu duì xiōng dì　　　tā men yì tóng chū qù lǚ
从前，有对兄弟，他们一同出去旅
xíng　zhōng wǔ　　tā men zài shù lín lǐ tǎng xià lái xiū xi　xǐng
行。中午，他们在树林里躺下来休息，醒
lái hòu　　kàn jiàn shēn páng yǒu yí kuài shí tou　shí tou shàng xiě
来后，看见身旁有一块石头，石头上写
zhe　　shuí zhǎo dào zhè kuài shí tou　qǐng cháo rì chū fāng xiàng xiàng
着："谁找到这块石头，请朝日出方向向
lín zhōng zǒu qù　　lín zhōng yǒu yì tiáo hé　qǐng yóu guò zhè tiáo
林中走去。林中有一条河，请游过这条
hé dào dá bǐ àn　　zài nà lǐ jiāng yù dào yì zhī mǔ xióng dài
河到达彼岸。在那里将遇到一只母熊带
zhe liǎng zhī xiǎo xióng　　qǐng cóng mǔ xióng shēn biān qiǎng zǒu zhè liǎng
着两只小熊——请从母熊身边抢走这两
zhī xiǎo xióng　　tóu yě bù huí de wǎng shān lǐ pǎo　shān shàng yǒu
只小熊，头也不回地往山里跑。山上有
yì suǒ fáng zi　　zài nà suǒ fáng zi lǐ　huì zhǎo dào xìng fú
一所房子，在那所房子里会找到幸福。"

哥儿俩读完石头上的字，弟弟说："咱俩一块儿去吧！说不定我们能像石头上说的那样，真的找到幸福呢！"

哥哥听了说道："我不去，我劝你呀，也别去。第一：谁也不知道，石头上写的字是不是实话。第二：就算他写的是真的，我们到树林里去，等天黑了，我们找不到那条河边，迷了路怎么办？再说，就算我们找到那条河，也许河很宽，水很急，我们怎么游过去呢？第三：即使我们游过河去了，难道从母熊身边抢走两只小熊容易吗？第四：就算我们把两只小熊抢到手，也不可能一口气跑到山里。还有，石头上也没提到主要的问题：我们在那所房子里将找到什么样的幸福？也许那儿等待着我们的那种幸福，根本不是我们所需要的。"

弟弟却不这么想，"那可不一定啊，人家不会无故地把这种话写在石头上，一切写得明明白白。第一：我们就是试试的话，也不会倒霉。第二：假使我们不去，别人读了石头上的字，就会找到幸福。我们却一无所获。第三：不费点力气，不干点事情，世上什么也不能使人快乐。第四：我才不会让别人知道我是个胆小鬼呢！"

这时，哥哥又说："谚语说得好：

'占大便宜得吃小亏。'还有，'十鸟在树，不如一鸟在手。'"弟弟说："我可听说过这样一个谚语：'不入虎穴，焉得虎子？'还有，'放平的石头，流不过水去。'我认为，应该去。"弟弟去了，哥哥留了下来。

弟弟刚走进树林，就遇到一条河，他游过河到了彼岸，看见一只母熊，母熊正在酣睡。他抓起两只小熊，头也不回地往山里跑去。他刚跑到山顶，迎面走来一群人，他们赶来一辆轿式马车，请他坐上去，然后把他送进城里，让他当了皇帝。

他当了五年皇帝。第六年，另外一个比他更强大的皇帝率兵来攻打他，占领了那个城，把他赶下了台。于是弟弟又去旅行，去找哥哥。哥哥住在农村里，不富也不穷。弟兄俩见面，十分欢喜，开始讲各自的经历。

哥哥说："怎么样？结果还是我对吧。我一直安安静静地过好日子；你虽然当过皇帝，可是看见了多少不幸的事啊。"

弟弟说："虽然我现在不如意，但是我的生活是值得回忆的。你呢，连可回忆的事情都没有。"

聪明的小裁缝

cōngmíng de xiǎo cái feng

不要放弃生活中任何看似渺茫的机会，发挥聪明才智，说不定你就可以抓住它，成就自己的幸福。

从前，有一个骄傲的公主。有人向她求婚，她都要出个谜语让他猜。如果猜中了谜语，她就嫁给他。

一天，王国里来了三个裁缝，两个大个儿的以为他们一生做过那么多精巧的活儿，这次一定能成功。另外一个小个子，虽然学艺不精，但也想来碰碰运气。

公主问道："我头上有两种头发，你

们说是什么颜色？"一个大个儿说："这太容易猜了！一定是黑的和白的。"公主说："不对！"第二个说："那肯定是棕红两色。""也不对！"公主说。

公主得意地把脸转向小裁缝，小裁缝大胆地站出来说："公主的头上一定有一种银发和一种金发。"公主听完，脸色变了。真让小裁缝猜中了，她还以为没有人知道呢。

不过，公主可不想这么轻易地就嫁给他。便说："你虽然猜中了，但我还不能嫁给你，你得去

和栏里的熊待一晚，若你明天还活着，就可以娶我了。"

小裁缝毫无惧意，还十分愉快地说："这有什么！"

到了晚上，小裁缝被带到了熊的身旁。熊立刻就要扑向小裁缝，可是他忽然看见，小裁缝从口袋里掏出一把坚果，这可馋坏了熊。

小裁缝于是将掏出的满满的一把塞给了熊。不过，大笨熊没想到的是，这一把可不是什么坚果呀，而是坚硬的卵石。熊把石子儿塞入嘴里，可是卵石怎么能咬开呢？大笨熊还以为是自己的牙齿不好呢。

一会儿，小裁缝又从衣服里抽出一

把小提琴，演奏起来。熊听到音乐声，情不自禁地跳起舞来，还突发奇想，要跟小裁缝学拉琴。

小裁缝一本正经地说："那得看你天赋如何。让我先瞧瞧你的爪子，他们太长了，我得先给你修修指甲。"于是他拿出一把老虎钳，让熊把爪子伸了过来，小裁缝把虎钳使劲地拧紧，说："待着别动，等我拿把剪刀来。"说完，他就跑到角落的稻草上开始呼呼大睡了。

熊叫唤了一整夜，公主听到后，还以为小裁缝已经被熊吃了呢。可是，早上的时候，公主却发现，小裁缝安然无恙地站在她面前，脸上还露出得意的神色。这下公主不能再耍赖了。

举行婚礼的路上，真不太平。另外两个裁缝太忌妒小裁缝了，他俩偷偷地从木栏里放出了愤怒的熊。熊拼命地追在婚礼马车的后面。小裁缝倒是没害怕，他一个倒立，把双脚伸出了窗外，对熊叫道："瞧见虎钳了吧！再追，我就再把你夹进去！"熊一见那家伙，转身就跑。

这下，小裁缝可以放心地娶公主喽。

生病的公主

> 温室里的花朵经不起风暴，从小就应该培养
> 自己的生活能力。不要在溺爱中被错杀了生机。

从前，在遥远的东方有个国家，那儿的国王叫苏丹，他有一个女儿，叫阿依达。

苏丹简直太爱他的女儿了，生怕她受到任何的打扰，于是就在一片幽静的森林中给她建了一座漂亮的行宫。她每天吃的都是山珍海味，用的是金勺子银叉子，这生活过得简直太惬意了。可是，不知道怎么搞的，这位阿依达公主总是咳嗽、打喷嚏、流鼻涕，又是胸口痛，还

气喘个没完，只见她美丽的容颜一天天地憔悴下去……这可把她的苏丹爸爸给吓坏啦。

苏丹请了很多医生，可是没有一个能治公主的病。苏丹的悲痛很快就笼罩了整个王国。这时候，一个欧洲的商人给苏丹出了个主意："亲爱的苏丹国王啊，您应该请一位欧洲的医生来给公主看病，那儿的医学是非常发达的，有许多学识渊博的医生。那儿把医生都叫作大夫，有一位乔大夫，非常有名，连国王都找他治病呢！找他准没错！"

苏丹听了，马上派大臣们去欧洲寻找那位乔大夫。大臣们又坐船、又骑马，总之历尽了千辛万苦，才到达欧洲。可是他们的服装在欧洲人的眼中简直太奇怪了，缠着一圈儿又一圈儿的头巾，又大又肥的灯笼裤，有的大臣还留着又浓又密的翘胡子，走在街上，吓得人们纷纷逃避，这可怎么找乔大夫啊。

直到有一天，他们经过一片森林，碰到一个人。这人正拿着他的大斧头砍树呢。这些王公贵族们从来都不知道有什么樵夫、渔夫的，便好奇地问那人："你是谁呀？"那人头也

不抬地回答："我是樵夫！"

"'乔'夫、'乔'夫……就是'乔'

大夫吧！"大臣们可乐了，"原来您就是我们要找的人！请您务必跟我们走一趟，到我们的国家去吧！"

樵夫虽然觉得奇怪，但是反正现在自己的生活也不太好，去他们那儿碰碰运气，说不定会有些收获呢。于是，他收拾了锯子、斧头就跟他们走了。

一到王宫，苏丹便把樵夫请到了公主的房间。房间十分幽暗，虽然有着豪华的地毯、窗帘，可感觉还是湿漉漉的，而半睡半醒、奄奄一息的阿依达公主则躺在厚厚的、美丽柔软的羽毛被子里面。

"哎呀！这就是公主吗？瘦得皮包骨，脸上连血色都没有，这不就要不行了嘛！"连樵夫都觉得公主没救了。这可让苏丹国王难过坏了。"求求你，一定要救救我唯一的女儿啊！您可是我最后的希望啦。能治好她，我什么要求都答应你！否则，你的脑袋就得搬家！"

"我？我哪有这本事啊？我只是一个樵……"樵夫觉得自己倒霉透了，他越想越烦，长吁短叹地坐在王宫门槛上，忽然他看到了外面的茂密树林。樵夫心里突然开朗，公主房间那么阴暗，都是这些高大的树木造成的，它们把阳光都挡住了，房间不长毛、不潮湿发霉才怪呢。樵夫这下可来劲儿了。他卷起袖子，往手掌上吐了几口唾沫，拿起斧头就砍，一棵、两棵、三棵……终于把周围的树都砍光了。樵夫擦擦汗，从口袋里拿出从家里

会飞的课本

Huifeidekeben

带来的奶渣面包啃起来。

没有了大树的遮蔽，太阳从窗户射进公主的房间，温暖的阳光唤醒了沉睡的公主。公主睁开眼睛，啊！一片亮晃晃的，连眼睛都花了。

可怜的阿依达，从出生就住在这间暗无天日的房间里，根本没见过阳光。现在潮湿阴暗的森林不见了，阳光洒满空地！一个叔叔坐在大树干上，大口大口嚼着什么东西。小公主从来没见过有人那么香地吃东西，她再也忍不住了，跑到樵夫身边，傻傻地盯着樵夫和他手里的奶渣面包。樵夫马上掰了一块儿递给小公主。她马上塞进嘴里，边吃还边说："好吃！好吃！"

苏丹正在外面观察公主的举动，他觉得很吃惊，公主坐在树干上，不知道吃什么吃得两边腮帮子鼓鼓的，满嘴的奶渣，好像长了一圈儿白胡子！

此后，小公主居然慢慢痊愈了，她的脸颊出现了红晕，吃东西时狼吞虎咽(吃东西又猛又急)，这都归功于"樵夫大夫"开的好药方——阳光、空气和奶渣面包！

guǒ dòng rén
果冻人

不要把自己的快乐建立在别人的痛苦之上，
为人处世都要多为别人着想。

　　有一个男孩，叫奥利弗，与众不同的
是，他不是从妈妈肚子里生出来的，而是
用果冻做成的，所以认识他的人都叫他
"果冻人"。

　　奥利弗的果冻身体给他找了不少麻
烦。首先，他太滑了。妈妈最怕给他洗
澡，因为他总是在妈妈的手指间滑来滑
去，就像一块不听话的大肥皂。有一次
他居然滑进了阴沟洞里，把一家人急得

团团转，最后请来了潜水员才把他救上来。然后呢，他非常怕热，因为高温会使他变得软乎乎的，最后会化成水。所以，夏天，他睡在冰箱里；冬天，他就睡在屋外的草地上，身上盖着厚厚的白雪。

夏天，他身上发出的甜味总会引来一大群蜜蜂和蚂蚁；而冬天，他又不能和姐姐们一起围着火炉唱歌、做游戏。这是奥利弗幸福生活中的两个小小的不圆满。

这年夏天特别热，奥利弗热得头昏脑涨，妈妈只好让他整天躲在盛满冰块的

冰箱里。

一天，家里突然闯进两个军官，他们一进门就大声喝问奥利弗在哪里。原来，国王最喜欢吃果冻了，可是大热天上哪儿去找果冻呢？这个时候，不知是谁把果冻人的事情告诉了国王，国王便派人来搜查。

妈妈骗军官说奥利弗已经蒸发掉了，军官不相信。他们唤来一条凶恶的大猎犬，终于把奥利弗从冰箱里找了出来。奥利弗被带进王宫，浸泡在国王的浴池里。国王看见奥利弗，高兴地唱起了歌："果子冻呀果子冻，最美妙的食物是果子冻。"他决定等吃完了长颈鹿和大象，就马上来品尝果冻人。

这天夜里，奥利弗的姐姐们来救奥利弗了。她们把一根长长的吸管从浴室的窗栅栏间伸进去，像喝汽水那样，把奥利弗

一点一点地吸出来，然后吐在一个盒子里。当她们端着盒子回到家里时，妈妈正拿着那个当初做奥利弗的水晶模子等着呢！

妈妈把已经化成水的奥利弗小心地倒进模子里，姐姐们紧张地围坐在一起，等待着奥利弗的再生。而这时，在王宫里，却发生了一件十分可怕的事

情：国王在吃了长颈鹿和大象后，身体突然膨胀起来，最后"砰"的一声炸成了碎片！

新加冕的国王一点儿也不喜欢吃果冻，奥利弗再也不用担惊受怕啦。后来，他和一位果冻姑娘结了婚，他们还生了好多果冻宝宝呢！

rèn xìng de mǎ lā
任性的玛拉

我们不能像玛拉那样做一个任性和骄傲的
小孩子,而要做一个懂事、乖巧的好孩子。

很久以前,在一个小村子里,住着一
对夫妻和他们的一双儿女。女儿玛拉十
岁,儿子伊凡才三岁。这对夫妻太喜欢
他们的孩子了,尤其是大女儿玛拉,已经
被娇惯得任性极了。

有一天,爸爸妈妈要去城里办事,临
走的时候,一再嘱咐玛拉要照看好她的
小弟弟。玛拉一口应承了下来,可是,没
过多久,玛拉就只顾着自己寻开心,把照

顾弟弟的事给抛到脑后去了。等到玛拉想起弟弟的时候，伊凡已经没了踪影，这下玛拉急得哭了起来。

玛拉在森林里到处寻找弟弟。她走到一个炉子旁，问："炉子，看见我的弟弟伊凡了吗？"炉子说："我可以告诉你，但你得先吃一点我烤的黑面包。"玛拉听了，皱了皱眉头说："我吃白面包还得加香甜的蜂蜜呢！你别做梦啦！"

玛拉又走到一棵野苹果树旁。"嘿！看见我的弟弟伊凡了吗？"野苹果树摇摆着枝叶说："吃一个我结的酸苹果吧！"

玛拉不高兴地说："苹果我一向都吃最好的！你想都别想！"

玛拉走到小河边，小河非常**热情**地招呼玛拉说："小姑娘，快喝一口我的河水解渴吧，我还可以告诉你弟弟往哪里去了呢。"玛拉真是太任性了，她居然对热情的小河不理不睬，还说："要是河水是奶油还差不多！"说完，竟然头也不回就跑开了。

玛拉找了很久也没有伊凡的消息，于是她坐在地上大哭起来。终于有一只小刺猬告诉她，伊凡被森林中的老妖婆养的天鹅给叼走了。好心的小刺猬还把玛拉带到了老妖婆的住处，玛拉很快就带着弟弟逃了出来。天鹅见了马上大叫，正在睡觉的老妖婆被天鹅的叫声给惊醒了，她马上命令天鹅们把这姐弟俩给抓回来。玛拉带着弟弟又跑到小河边，这回玛拉再也不拒绝小河的好意啦。她捧起小河水喝，"呀，真的很甜呢。"小河看玛拉不再任性了，非常高兴地把姐弟俩藏在他的芦苇丛里。天鹅们没有找到姐弟俩，只好在天空中打转。老妖婆才不肯罢休呢，她命令天鹅们继续寻找。

这会儿，姐弟俩逃到了野苹果树下。玛拉非常主动地吃了野苹果树上的酸苹果，野苹果树非常开心，玛拉不再瞧不起他了。他马上用他茂密的枝叶遮住了姐弟俩，这下天鹅们更看不见玛拉和她的小弟弟啦。老妖婆可生气了，她对天鹅们说，如果找不到这两个孩子，天鹅们就要变成烤鹅，天鹅们都害怕极了，只能继续寻找着玛拉和她的弟弟。

天黑了，玛拉已经看不清路了，这可怎么办呢？天鹅们越追越近，前面又是那个烤着黑面包的大炉子，还是请炉子帮忙吧。这回，玛拉可乖多了。不但吃了炉子里的黑面包，还答应炉子再也不做任性的女孩儿了。看着玛拉不再骄傲，而且是那样疼爱她的小弟弟，炉子终于同意把姐弟俩藏在他的胸膛里。

天鹅们怎么也找不到这两个小家伙

了，可是他们也不敢再回到老妖婆的家里，他们就下定决心飞到大海的对岸去，据说那里是他们的老家，飞到那里总比被老妖婆变成烤鹅的好啊。

天亮了，玛拉终于带着弟弟安全地回到了家，在村口，他们一眼就看到了焦急（着急）的爸爸妈妈，爸爸妈妈真是急坏了。玛拉讲了事情的经过，还向爸爸妈妈检讨自己没有照顾好弟弟的错误。这下，爸爸妈妈发现，他们一向骄傲任性的女儿不见了，眼前的玛拉已经变成听话乖巧的小姑娘了。

请将不干胶对号入座，贴在正文中相应的位置。

xuě gū niang
雪姑娘

狗是多么善良忠诚的动物啊！虽然它有时会做错事，但仍是人类的好朋友，忠诚地守护着它的主人。

从前，有一个老公公和一个老婆婆，他们没儿没女。有一天，他们看到别人家的孩子滚雪球玩，老公公也捡起一个雪球，说道："老太婆，要是我们有个女儿，这么白白胖胖的，该多好啊！"说着，老公公就把雪球拿进屋，盖上一块布，放在一个陶瓷罐里，把它搁在窗台上。

太阳出来了，陶瓷罐被晒得暖烘烘

的。老公公和老婆婆忽然听见陶瓷罐里的破布底下有一个声音在说话。

他们走到窗口一瞧，陶瓷罐里躺着一个白白胖胖像雪球一样可爱的小姑娘。"我是雪姑娘，我是用春天的雪滚成的，被春天的太阳晒暖了，涂上了胭脂。"

老公公和老婆婆别提有多高兴了，在两位老人的精心照看下，雪姑娘渐渐长大了，她又聪明又可爱。

老公公和老婆婆一切都很顺利，屋里挺好，院子里也不错，牲口平平安安过了冬，该把家禽放到外面去了。

可是刚把家禽从屋里移到畜栏里去，就出现了一件倒霉的事儿：狐狸来找老公公的看家狗朱奇卡，他假装有病，拼命央求朱奇卡，他用很尖的小细嗓子恳求道："朱奇卡！朱奇卡！小白脚，丝绸般的尾巴，放我到畜栏里去暖和暖和吧！"

朱奇卡可怜患病的狐狸，就放他进去了。坏狐狸趁机偷走了两只鸡。老公公气坏了，不但打了朱奇卡一顿，还把他从家里撵走了。朱奇卡哭着走了，老婆婆和雪姑娘却很舍不得他。

夏天来了，浆果成熟了，女孩子们邀请雪姑娘一同到树林里去采浆果。老公公和老婆婆不放心啊，但她们答应一定会看好她的。雪姑娘很想去森林里玩耍，老人家只好给她一只篮子和一块馅饼，让她去了。

女孩子们和雪姑娘手挽手地跑去，可是一到树林里就自顾自地采浆果，不一会儿，她们就在树林里把雪姑娘给弄丢了。雪姑娘叫唤着女友们——没有人答应。她爬到一棵树上，高声喊着："啊呜！啊呜！"

熊走过来问："怎么啦？美丽的姑娘！你哭什么？""啊呜！我是雪姑娘，朋友们把我带到树林里来，却把我弄丢啦！""下来吧！"熊眨着眼睛说，"我来送你回家！""熊呀，我可不信你，你会把我吃掉的！"雪姑娘说，熊快快地走了。

大灰狼走到树下，"怎么啦？美丽的

姑娘！你哭什么？""啊呜！啊呜！我是雪姑娘，女友们把我带到树林里来，却把我弄丢啦！"

"下来吧！"大灰狼歪着脑袋说，"我来送你回家！""狼呀，我可不信你，你会把我吃掉的！"雪姑娘回答，狼悻悻地走了。

狡猾的狐狸过来了，"怎么啦？美丽的姑娘！你哭什么？""啊呜！啊呜！我是雪姑娘，女友们把我带到树林里来，却把我弄丢啦！"

"哎呀！美人儿！哎呀！聪明伶俐的女孩儿！

哎呀！我不幸的姑娘！快下来吧！我送你回家！""狐狸呀！你说的全是甜蜜讨好的话。你会把我带到狼那儿去，你会把我交给熊的……也许，你就会把我吃掉的！"狐狸开始绕着树走，不断地想把她从树上骗下来，雪姑娘才不上当呢。

"汪，汪，汪！"一只狗在树林里叫了起来。雪姑娘高声喊道："啊呜！啊呜！好朱奇卡！啊呜！啊呜！我亲爱的！我在这儿——我是雪姑娘，女友们把我带到树林里来，却把我弄丢啦！熊想带我走，我没有跟他去；狼想把我带走，我拒绝了；狐狸想引诱我，我没上当。朱奇卡！快来呀！快来把我送回家！"

狐狸一听见狗叫声，立刻将蓬松的

大尾巴一晃，溜走啦！

朱奇卡跑过来，雪姑娘马上从树上爬了下来。熊藏在树墩后面，狼躲在树木间，狐狸往灌木丛里乱钻。朱奇卡"汪汪"地叫个不停，他们都怕勇敢的朱奇卡，雪姑娘这下安全啦。

朱奇卡带着雪姑娘回到家，老公公和老婆婆都高兴得哭了。他们原谅了朱奇卡，因为他是条好狗，雪姑娘信了他，他也一定不会犯错啦！

蓝胡子

在生活中，我们要擦亮双眼，辨别坏人。遇险也不要慌张，急中生智才能化解危难。

从前，有个男人，他非常富有，拥有许多漂亮的房子，房间里尽是精致的家具，各式各样的金银器物点缀其间。与他令人羡慕的富有相比，他的嘴边长着一撮蓝色的胡子，非常丑陋，同时让人觉得很可怕。比他的长相更可怕的是，听说他曾经娶过好几个妻子，可是这些妻子都下落不明。

蓝胡子的隔壁住着一位夫人，她有

两个女儿，长得都非常美丽。蓝胡子想娶她们中的一个为妻。可是谁愿意嫁给这么一个可怕而丑陋的家伙呢？

为了接近这两个女孩，蓝胡子邀请她们带上她们的妈妈和好朋友们，去乡下的别墅玩。他们整天打猎、钓鱼、跳舞、狂欢，玩得非常开心。一周后，蓝胡子的目的达到了：妹妹觉得他的胡子没有那么蓝，人也没有那么可怕。等回城之后，就嫁给了他。

婚后一个月，蓝胡子去外地做生意，要离家六个星期。临走前，他给了他的新娘一大串钥

匙，告诉她：这把是储藏室的钥匙；这把是首饰箱的钥匙；这一把呢，是能开每个房间的万能钥匙……最后，他又掏出一把小钥匙，对她说："这是地下室走廊尽头那个小房间的钥匙。我出门以后，你可以随意打开和进入任何地方，唯独不许去那个小房间！如果你把它打开，我将给你可怕的惩罚！"妻子答应了。于是蓝胡子吻别了妻子，登上马车出发了。

邻居和女友们早就想见识见识富有的蓝胡子的家究竟是什么样子的，但是害怕他的蓝胡子，一直不敢来。现在，她们受到新娘的邀请，争先恐后地来参观蓝胡子的家。只见那些房间一间比一间漂亮、一间比一间阔绰，满眼尽是精美的地毯、舒适的安乐椅、豪华的长沙发、造型奇特的独脚茶几，还有可以从头照到脚的华丽镜子……她们晕眩着、惊叹着，不住地赞美和美慕新娘的幸福。

而新娘对这一切都不以为然（表示不同意），她的心早已被地下室走廊尽头的、那个被蓝胡子禁止打开的小房间吸引过去了。她离开了客人们，慌慌张张地向地下室走去。她走到小房间的门口，耳边响起丈夫的禁令，她犹豫了。不过，好奇心很快战胜了因违背禁令可能招致不幸的恐惧，她终于拿出那把小钥匙，哆哆嗦嗦地打开了房间的门。

房间里黑漆漆的，她什么也看不见。过了一会儿，等她的眼睛适应了黑暗，屋

会飞的课本

Huifeidekeben

里的恐怖情景就闯进了她的视线：地板上血迹斑斑，血迹上面映出了好几具女人的尸体，身上捆绑着麻绳，躺在墙角。她们都是蓝胡子的前妻，是蓝胡子把她们一个个杀死了。新娘吓得再也握不住手里的钥匙，哐一声，钥匙掉落在地。

她定了定神，拾起钥匙，锁上门，回到自己的卧室。突然，她发现钥匙上有血迹，可是无论她如何擦洗，还是无法把它弄干净。在这面清除了血迹，另一面

86

上又会显现出来。原来，这钥匙已经被施了魔法。

更糟的是，本来应该六个星期之后回来的蓝胡子，当晚就回来了。他说在半路上收到几封信，告诉他那笔生意已经做成了。蓝胡子问妻子要钥匙，妻子顿时颤抖得像筛糠（身体发抖），蓝胡子马上就明白发生了什么事。妻子知道事情已经无法隐瞒，把钥匙拿了出来。蓝胡子一看，对她说："钥匙上面怎么有血迹？""我，我不知道。"可怜的新娘脸色变得很苍白。"你不知道？"蓝胡子说，"哼，我倒知道，你很想进那个房间去，那好吧，夫人，你就进去吧！到你见到的那些女人身边去找你的位子吧！"

妻子立刻哭着跪倒在丈夫的脚下，请求他饶恕（免予责罚）她，并保证以后绝不再犯。可是，蓝胡子完全无动于衷。

"你只有去死，夫人，而且立刻就去！"蓝胡子对她说。"既然一定要我死，"她含着泪水望着他说，"那就给我一点儿时间让我祈祷一下吧。""给你半刻钟的工夫，"蓝胡子说，"多一分钟也不行！"

她离开蓝胡子，叫来了她的姐姐，对她说："安娜姐姐，我求你赶快上塔楼去，看哥哥们来了没有。他们说过，今天要来看我的。你要是看见他们，就给他们打信号，叫他们赶紧到这里来。"

安娜姐姐上了塔楼。可怜的妹妹不

时地向她问道:"安娜姐姐,安娜姐姐,你看见有人来了吗?"

安娜姐姐回答说:"我只看见太阳闪着金光,青草吐着嫩绿,别的什么也没有看见。"

同样的话,妹妹问了三四遍,可是安娜姐姐的回答是那么令人失望。

其间,蓝胡子手里拿着一把大刀,不停地催促着她下楼送死。

终于,安娜姐姐叫道:"我看到两个骑士跑来了,可是离这儿还很远……啊,

谢天谢地，这两个人就是我们的哥哥。

我使劲给他们打信号，叫他们赶快过来。"

这时，蓝胡子开始大吼起来。他吼得那么凶，整座房子都震动了。可怜的妻子下了楼，披头散发，痛哭着跪在蓝胡子的脚边。

"你这样做已经没有用了，"蓝胡子说，"只有死路一条！"他说着，一手揪住她的头发，另一手举起大刀，要向她的头上砍去。可怜的妻子仰起头，用垂死的眼光望着他，求他再给她半分钟的时间祈祷。

"不行！你向上帝求援去吧！……"

他说着，正要挥动手臂……

这时候，大门被敲得震天响，蓝胡子

顿时住了手。门开了，两个手握长剑的骑士闯进来，向蓝胡子冲过去。蓝胡子认出他们就是他妻子的哥哥，一个是龙骑士，一个是火枪手，他拔腿就跑，想要逃命，两个骑士紧追不放。他没有奔过门前的台阶，就被抓住了。剑穿透了蓝胡子的胸膛，他倒下死了。

蓝胡子没有孩子，他的妻子就成了他的全部财产的主人。慢慢地她忘却了与蓝胡子一起度过的可怕的岁月。

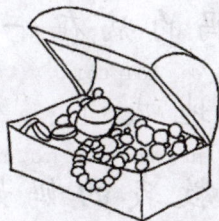

小亨利

xiǎohēng lì

我们要孝顺自己的父母。即使自己境遇不顺，也应该极尽所能的对需要的人伸出援手。

在高山下的一间屋子里，住着一个可怜的寡妇和她的儿子亨利。

有一天，小亨利的妈妈突然病倒了。小亨利没钱请医生，唯一能做的事情就是日夜守护在妈妈身旁。

可是，妈妈的病在一天天加重，小亨利忍不住绝望地喊道："仁慈（仁爱善良）的仙女，快来救救我的妈妈吧！"话音刚落，一位衣着华丽的仙女从窗户外飞了进来。仙女对小亨利说："你想救妈妈，必须到险峻的高山上去找生命草。"小亨利不怕任何困难。他谢过仙女，转身上路了。

走啊走，小亨利看到一只乌鸦的两只爪子被绳捆绑着，掉在一个陷阱里。小亨利上前去弄断了绳子，乌鸦得救了。

"谢谢你，小亨利，我会报答你的！"乌鸦说完，拍着翅膀飞走了。

走啊走，小亨利看到一只狐狸正在追赶一只公鸡。小亨利一把抓住公鸡，并把他藏到了自己的

衣服里面。等到狐狸跑远了，亨利从怀里捧出了公鸡。公鸡说："谢谢你，小亨利，我会报答你的。"

天渐渐黑了，一条又宽又深的大河挡住了小亨利的去路。小亨利对着大河喊道："仁慈的仙女，快来帮帮我吧！"这时，公鸡忽然出现在他面前说："恩人，别着急，我送你过去。"公鸡让小亨利骑在背上，朝大河对岸游去。河很宽，他们整整游了二十一天才到岸。

小亨利谢过公鸡继续往前走。走啊走，前面出现了一片广阔无垠的麦田和一位白胡子老人。老人说："我是山神，你如果能把麦子全部收割完，我就放你过去。"

小亨利拿起镰刀割起了麦子。割呀割，他割了整整一百九十五天才割完麦子。山神说："你是一个好孩子，我送你一个烟盒。回家以后，你会得到从未见过的东西。"

小亨利继续往前走。走啊走，前面有堵大墙挡住了他的去路。一个巨人说："要想过去，得把树上的葡萄全摘下来洗干净，再放进缸里酿成酒。"小亨利二话没说就干了起来。他用了整整九十天才干完这些活。巨人将一把树枝交给小亨利，巨人还说："你回家后需要什么东西，碰一碰树枝就可以得到。"

小亨利历经千辛万苦，终于在险峻的高山上找到了生命草。这时，乌鸦飞

来对他说："小亨利，我送你回家。"乌鸦驮着小亨利飞行，很快就回到了家乡。

小亨利用力挤捏生命草，然后，让草汁流进了妈妈的嘴里。妈妈慢慢睁开了眼睛，望着小亨利，她惊奇极了，"孩子，你怎么长这么大了？"小亨利正要回答，仙女从窗户外飞进来，把事情的经过全告诉了妈妈。妈妈感动得把小亨利搂在怀里，亲了又亲。

仙女叫小亨利把山神和巨人送的礼物拿出来试一试。小亨利打开烟盒，只见从盒里钻出一群工人。工人们只用了

yí huì er shí jiān　jiù zào chū le piào liang de fáng zi hé huā yuán
一会儿时间，就造出了漂亮的房子和花园。

xiǎo hēng lì　yòu zǒu shàng qián　qù yòng shǒu pèng le　yí xià jù
　　小亨利又走上前去用手碰了一下巨

rén sòng de shù zhī　　yì zhǎ yǎn gōng fu　yī fu　xié zi
人送的树枝。一眨眼工夫，衣服、鞋子、

chuáng dān　zhuō bù　fēng shèng de wǎn cān dōu chū xiàn le　xiǎo
床单、桌布、丰盛的晚餐都出现了。小

hēng lì wèn shù zhī yào le liǎng tóu mǔ niú　liǎng pǐ hǎo mǎ hé
亨利问树枝要了两头母牛、两匹好马和

yì　xiē láo dòng gōng jù
一些劳动工具。

cóng cǐ　mǔ zǐ liǎ xīn qín de láo dòng zhe　　guò shàng le
　　从此，母子俩辛勤地劳动着，过上了

xìng fú kuài lè　de shēng huó
幸福快乐的生活。

海迪姑娘

海迪姑娘诚实守信、心地善良，她对家乡的思念最终帮她实现了回家的愿望。

一个晴朗的早晨，年轻的妇女德蒂带着小侄女，走在美丽的瑞士阿尔卑斯山的山间小路上。她们要去看望孤身住在山上的一位老人。"姑姑，我累了！""快到了，继续走吧！"德蒂姑姑一边说，一边牵着小女孩儿的手向前走。

德蒂敲了敲门，"你要干什么呀？"阿尔波大叔开了门，粗声粗气地说。"我照管这孩子已经四年了，明天我要到法

兰克福去工作，现在该
由你照管海迪了。"
德蒂不停地说着。

海迪没有听到
他们的话，她一直
在外面和羊倌彼得
与小羊羔玩耍。她回
来时，天已黑了。

"海迪，你一定饿了，进来吃点儿
吧。"爷爷喊着海迪，拿出奶酪和羊奶。
海迪大口大口地喝着说："我从来没有喝
过这么好喝的奶！"海迪快活的声音，使
脾气很坏的老人的心变软了，他给海迪
铺了一张干草床，海迪很高兴。海迪从
顶楼的一个墙洞里看着闪闪发光的星

星，一会儿就睡着了。

天一亮，海迪就往外跑，她和彼得与小羊羔满山跑着玩儿。她问彼得："天空为什么那么红？""天空说，今天天气很好。海迪该回家了。"他俩成了好朋友。

彼得有个生病的奶奶，她的眼睛瞎了。海迪去看望她，并唱歌给她听。老奶奶非常高兴，要海迪常去看望她。从此，海迪每天都去。

有一天，海迪一回家，就听爷爷在嚷："……你不能带她去学校，她在这里最好。"原来教士劝爷爷把孙女送到学校去读书。

第二个意料之外的来客是德蒂姑姑，她要带海迪去法兰克福，说那里一家有钱人要给残疾女儿找一个伴儿。海迪不肯去，德蒂逼她走，说："你在法兰克福可以过好日子，可以带白面包给老奶奶。""真的吗？"海迪高兴地问。阿尔波大叔没说什么，让她们走了。

残疾女孩克雷拉的母亲早已去世，父亲赛西曼先生常常出差，家里只有一位罗顿梅老小姐照料家务。她见到海迪就问："你在学校里学了什么？"海迪答道："我从来没上过学。"听到这个答复，老小姐很生气，德蒂姑姑赶忙走了。

两个女孩很快就成了好朋友。吃饭的时候，海迪把节省下来的白面包放在围裙的口袋里，准备带给瞎眼奶奶吃。可是罗顿梅老小姐对海迪总是看不顺

眼，老是说："不行，海迪，不行！"海迪抱着枕头哭了，她非常想念美丽的阿尔卑斯山和那里的亲人。

一天晚上，罗顿梅老小姐正在查看大门是否关好，忽然听到一种奇怪的声响。她把男仆塞巴斯第安叫来，走到传出声响的地方。他们发现门被打开了，罗顿梅老小姐看到一个奇怪的白影，很快又消失了，不禁尖叫起来。家里的人都很害怕，以为出现了鬼。这种情景再次出现了，罗顿梅老小姐给塞西曼写信，让他赶快回来。

两天后，塞西曼从巴黎回来了。他请自己的医生一起来守夜。他们在黑暗中等着，午夜时分，果然看到了那个白影子，原来是海迪穿着睡衣在行走。医生了解到海迪是因为过分想家，而得了梦游症。塞西曼决定送她回家，克雷拉为她准备了送给老奶奶的白面包，还有许多纪念品。

第二天，火车把海迪送回了阿尔卑斯山。"爷爷，我回来啦！"爷爷拥抱着她，眼泪从满是皱纹的脸上滚了下来。海迪带了白面包去看望老奶奶。老奶奶说："天哪！这真是你吗？"

第二年春天，克雷拉来了。两个女孩儿玩得真开心，彼得心里有点妒忌。

一天，他把克雷拉的轮椅推下了山坡。坏事变成了好事，克雷拉在她的朋友们的帮助下开始锻炼走路。

几个月之后，一个晴朗的日子，彼得和海迪扶着克雷拉在外面走路，忽然，他们觉得肩头轻松了。"啊！我能走了！谢谢，海迪！谢谢，彼得！"赛西曼先生来看女儿，见她自己能走路了，高兴得热泪盈眶（非常高兴而流的眼泪）。他从心里感谢阿尔波大叔和海迪。

大力士汉斯

天生我材必有用,力大无比的汉斯虽然常常弄砸一些事,但也是靠着力气大杀死了魔鬼,迎娶了公主。

从前,有个寡妇在树林里捡到一个奇异的蛋。她把蛋带回家让母鸡孵化,不想竟孵出个小男孩。这天大的意外让寡妇非常高兴,她给小男孩起名叫汉斯。

小汉斯饭量很大,他十二岁时,母亲实在无法再供养他了,就把他送到铁匠铺去当学徒。

三年学徒的报酬是铁匠铺老板三年

后为汉斯打造三百斤重、七百斤重、一千二百斤重的三把利剑。

汉斯有的是劲，干活**勤快**，开始时，铁匠铺老板很满意。可是慢慢地，老板发现有些不对劲，汉斯常常用力过大，把锤子打成两半，铁砧也被打成碎块。铁和钢在汉斯手里成了团泥土，捏来捏去，像做游戏。铁匠铺老板只好将汉斯辞退了，守信的老板按照约定为汉斯做了三把利剑。由于剑太重，铁都用完了，第三把剑还少了一斤重的铁。

汉斯又到一个大户人家去干活。一天，东家要汉斯去扬秕糠（秕子和糠），汉斯在仓房顶上开了两个洞。他在一个洞口往里面吹气，秕糠就从另一洞口飞出来。不一会儿，仓房里留下的便是干净的粮食。

东家不相信汉斯这么能干，他悄悄地上了仓顶，从房顶的一个洞口往里面看，可巧那是个出秕糠的洞口。汉斯没看见东家，只顾往里面吹气，没料想把东家吹了出去。东家被吹到半空中，落在教堂的塔楼上。伙计们七手八脚好不容易才将东家救了下来。

东家因此要辞退汉斯。汉斯临行时，到东家的厨房里拿了一大口袋的食物。

东家见汉斯拿走那么多吃的，心疼

了，汉斯出门后，东家放出一头公牛去追汉斯，想夺回一点东西。

汉斯见大公牛朝他奔来，便一拳打在公牛的头上，公牛当场死了。汉斯背起公牛就走。

汉斯来到林间空地上，生起一堆火，把打死的公牛烤熟，吃了个痛快。

傍晚时分，汉斯来到王宫门前，被王宫的管家留下来在厨房里干杂活。汉斯为人勤快，粗活重活他一人全包了，很受厨师和仆人的欢迎。只是力气太大，汉斯常做错事情。一不小心，他就把刀、叉、碗、盘给拧成了脆麻花。

不久，王宫里出了大事。那天，国王出海航行，遭到三个魔鬼的袭击，魔鬼施法，在海上掀起了大风浪，试图将船沉没，原因是国王曾让渔夫捕捉了魔鬼心爱的白鲸。魔鬼兄弟对国王说："想活命，你就将三个女儿送给我们作礼物。"国王没办法，只好答应用三个女儿换取自己的生命。

国王回到王宫，作出许诺：谁能从魔鬼手中救出三个公主，谁可任选一位公主为妻。王公大臣都低着头，谁都不敢应诺。

一位名叫彼得的裁缝愿解救公主，彼得是个红头发的

侏儒。到了将大公主送给魔鬼的时间，人们把大公主送到了海滩边。

彼得跟去了，他趁人不注意，退到岩石后躲起来，好不容易拔出锈蚀得像锯子似的宝剑，作出了要进攻的样子。

汉斯带着三百斤重的利剑也来到了海滩，好奇的汉斯想看看魔鬼究竟长什么样。

不一会儿，海面刮起大风，从海浪中走出一个长着三个脑袋的巨怪。巨怪狂笑着向公主扑来。

汉斯见了，挥着利剑朝巨怪的脑袋砍去，只一剑，就砍下了巨怪的三个脑袋，公主得救了。

汉斯杀了三头巨怪就回王宫去了。

彼得从岩石后面跳出来，用剑逼着公主，要她告诉国王是他救了公主。公主没法，答应了彼得。公主回到王宫，彼得便成了救人的大英雄。

接下来是送二公主去魔鬼那里了。彼得也跟着来到海滩，尾随而来的还有身佩七百斤重利剑的汉斯。

几乎和前一次一样，汉斯砍了魔鬼的七个脑袋，救了公主，而彼得又一次当了大英雄。

祭献小公主的日子到了。彼得又来到海滩，汉斯则是带着一千二百斤重的利剑去的。

这次来的是个长着十二个脑袋的魔鬼。汉斯拼着全身力气挥剑向魔鬼砍

去，由于这把利剑制作时少了一斤重的铁，所以，汉斯这一剑下去，只砍去了魔鬼的十一个脑袋。

留着一个脑袋的魔鬼慌忙抓住吓得昏死过去的小公主跳入大海，消失得无影无踪。躲在岩石后面的彼得一看大事不好，一溜烟似的逃跑了，从此再也没有露面。

汉斯回到王宫，向国王保证：一定将小公主从魔鬼手里救出来。

汉斯上路了，在路上，他遇到了一个肩扛着一座教堂的大汉。

"兄弟，你是个不可战胜的大力士！"汉斯称赞说。那人和汉斯成了知心朋友。没多久，他们在路上遇到了一位背着一座大山的汉子，互相介绍后，也成了知心朋友。

三位大力士来到海湾。海湾边的礁石上有一座魔鬼城堡，小公主就被关在这里。汉斯让两个朋友把大山放在城堡前，把教堂放在山上，然后敲响了教堂的大钟。

魔鬼被钟声惊醒了，三位大力士上前说："我们是来接公主回宫的，快把她放出来。""我不会把公主交给你们的，除非你们把这杯酒喝了。"魔鬼说着端出一个巨大的酒杯。扛教堂的大力士拿不动酒杯，背大山的大力士也拿不动酒杯。魔鬼看了哈哈大笑。

汉斯不声不响地走过去，轻轻地举起酒杯说："为公主的健康干杯！"说着，一口把酒喝了。魔鬼大惊失色，转身想逃，不料汉斯拿起酒杯向他砸去。留着一个脑袋的魔鬼被砸死了。

汉斯带着公主回到王宫。国王信守诺言，答应汉斯跟他选中的小公主成婚。从此，汉斯过上了幸福快乐的日子。

矮子乔万尼历险

与强大的对手进行较量时，不能硬碰硬，要发挥聪明才智，多动脑筋来使自己处于优势地位。

从前，有一个鞋匠，叫乔万尼。他矮小、驼背，还长着一双罗圈腿。乔万尼模样虽怪，却聪明机灵，喜欢和别人开玩笑。

在一个炎热的夏日，作坊里的皮革和鞋油，特别是那半块干酪的味道，招来了不少的苍蝇。乔万尼见干酪上爬满了很多的苍蝇，火了："太过分了！该死的苍蝇。"乔万尼怒不可遏地拿起鞋子向干酪砸去，一下就打死了一大堆苍蝇，足足有一百多只呢！乔万尼取来一张纸，得意地在上面写道："一下打死一百只！"他把纸条贴到了门上。

一天，村里的大力士马柯先生路过鞋店，看到了那张纸条。马柯先生看看纸条，再看看乔万尼的滑稽模样，讥笑道："怎么可能？一个小不点能打死一百只？吹牛！"马柯先生和乔万尼决定用五百块金币作赌注，来一次比赛，看谁的力气大。

第二天，他们来到森林里进行比赛，两小时后，马柯先生已把足有两百公斤重

的木头扛了回来。

这时，乔万尼还在森林里，他正在用柳条捆住一棵棵树干，树干已经被串了一大片。"乔万尼，你在干什么？木头呢？""亲爱的马柯先生，"乔万尼回答，"你没看见吗？我要把整个森林拖回去。"

这个森林一直被当地人视为保护神，触犯了森林之神，就会遭祸害。马柯感到很不安，他竭力劝说乔万尼放弃拖走森林的念头，可乔万尼不答应。没办法，为了保住森林，马柯只好掏钱认输。

马柯建议再进行一次比赛：用两只大桶把水塘里的水拎到村里去，看谁走得快，乔万尼同意了。

马柯灌满两大桶水，吃力地向村里

走去。此时，乔万尼却拿着铁镐在水塘四周使劲地挖沟。

"乔万尼，你这是干什么？""先生，你没瞧见我正准备把水引到村子里去吗？"把水引入村庄，这会给村民带来多大的损失呀！马柯先生害怕了，但要乔万尼放弃这个做法，他只得给乔万尼五百块金币。

不甘心失败的马柯定做了两把一百斤重的铁砧，与乔万尼一起来到了湖边。马柯拼尽全力把铁砧扔了出去。几秒钟后，离岸约一公里的湖面上，掀起（揭起）了巨大的波浪。

"该你了！"马柯先生得意地说。

"很好，看我的，我要把铁砧扔到湖对岸

的卡内罗村去。"

乔万尼平静地说
完这话，就大声
地喊了起来："卡
内罗村的人，快

逃命去吧，快逃命去吧，快离
开屋子，铁砧要飞过来啦！"

马柯先生着急了："不，不能扔！为了村
庄不受破坏，我甘愿认输！"乔万尼最
终赢了五百块金币，成了当地最富有的人。

在一个秋日的午后，乔万尼决定骑
马去卢加诺买套新衣服。刚走到半路，
乔万尼听到身后有马蹄声。乔万尼知道
是马柯先生来了，就想再和他开个玩笑。
乔万尼把马藏了起来，跪在路中央，

双手合十，含泪望着天空，做着祷告。

"你怎么啦？"马柯问。乔万尼突然哭了起来："我一只脚把马踢上了天，求上帝把他还给我吧！"马柯先生听了，神色大变："天啊，真是一个可怕的人。"马柯轻轻地说声："祝你好运！"就匆匆离去，乔万尼则偷偷骑马返回了村子。

从此以后，马柯先生再也不敢去找"力大无穷"的乔万尼比赛了。而乔万尼则一直快乐地生活着。

汉索尔和格瑞太尔

无论处于什么样的环境，都要学会自救，运用自己的智慧争取幸福的生活。

从前，森林边上住着伐木工人一家。妻子是汉索尔和格瑞太尔兄妹俩的后娘，她对两个孩子很凶狠（凶恶很毒）。他们一家本来就没有多少吃的东西，现在又遭了灾。一天，家里一点儿粮食也没有了。这天晚上，妻子硬逼着丈夫同意把两个孩子扔到森林里去。

孩子们饿得睡不着觉，这些话他们都听到了。格瑞太尔吓哭了，汉索尔说：

"别哭，格瑞太尔。我想出了一个办法。"接着，他溜到外面，把衣服的口袋里装满了白色的石子。

第二天早晨，鸡刚叫头遍，后娘就闯进孩子们的房间，大声嚷嚷着催他们到森林里去！她给孩子们一人一块面包，就带他们进了森林。

每走几步，汉索尔就停下来，回头看看家，扔下一块小石头。父亲喊道："汉索尔，你在干什么呢？""啊，我在看屋顶上的小白猫呢，他正在和我说再见呢。"

走到森林中间，后娘说："歇歇吧，

我们要再往里走走，去砍些柴。"

汉索尔和格瑞太尔吃了一点儿面包，就睡着了。

一觉醒来，已经是黑夜了。小妹吓得哭了起来，哥哥安慰她说："等月亮一出来，我们就能找到回家的路了。"月亮高高地挂在夜空，白色的石子就像钢镚儿一样闪闪发光，兄妹俩沿着它们回了家。

后娘见了，不知他们是怎么回来的。后来，她终于发现了路上撒的白石子。

这天晚上，汉索尔和格瑞太尔睡觉前，后娘把门都锁上了，这样他们就没法儿出去拾小石子了。汉索尔安慰妹妹说："别哭，格瑞太尔。老天爷会帮助我们的。"

第二天一早，后娘又叫孩子们起床到森林里去。汉索尔一路撒着后娘给的一点点的面包渣儿。可他没注意，小鸟把面包渣儿都啄起来吃了。

孩子们被带着往森林深处走去，最后到了一个他们从来没有到过的地方。后娘叫他们歇一歇，拉着丈夫就溜走了。

夜深了，汉索尔对小妹说："等一会儿月亮出来了，我们会很容易找到回家的路的。"可是，面包屑到哪儿去了？

"哥哥，我们回不了家了吗？是不是要死在这里了？""别急，格瑞太尔，咱们的亲妈妈在天堂里会保佑我们的。"

可他们在森林里越走越深，没多久，他们又累又饿，就坐在一棵树下睡着了。

第二天早晨，鸟儿啾啾的叫声吵醒了兄妹俩，他们顺着一股香气走到了一间小屋子前。

"瞧啊，格瑞太尔！这房子是用姜饼做的，屋顶是用蛋糕做的，门是用巧克力做的。"汉索尔喊了起来。"我要吃一块门！"小妹高兴地欢呼起来。于是兄妹俩啃起这间小屋来了。

忽听有尖叫声："啃，啃，啃，像只老鼠在啃我家的小屋！"

他们吓了一跳，回身一看，是一个红眼睛的老妖婆。她像乌鸦一样哑着嗓子说："你们闻起来

可真香啊。我要把你们俩都吃掉，因为你们吃了我的小屋子！"说完，她就把汉索尔关进了一个小牛棚里。

红眼睛的老妖婆是看不清远处的，可是能用鼻子闻走近她的人。

老妖婆对格瑞太尔说："我先吃你哥，你得做些好饭，让他吃胖点儿。"

可怜的小妹整天打水、刷地、做饭。她每天送饭给汉索尔，兄妹俩互相鼓励说："我们会平安无事的，在天堂的亲妈妈会保护我们的。"

几周以后，老妖婆走到牛棚前，要汉索尔伸出一个指头，汉索尔却伸出来一根干骨头。她看不清，以为还不够肥，就打算先吃妹妹。她叫格瑞太尔钻到炉子里看看面包烤熟了没有，好趁机关上炉门，把她烤了吃。

"这炉门打不开。""笨孩子，我来开。"格瑞太尔用全力把老妖婆推了进去，又咣的一声关上了炉门。

兄妹俩怕老妖婆的朋友来吃他们，于是用她家里的珠宝塞满了各自的兜兜，赶紧逃走了。

他们走了几个小时，来到一个大湖前，正不知怎么办呢，游过来一只白天鹅，说："趴到我背上来。"天鹅把他俩一个个背过了河。

天鹅把兄妹俩带到湖的尽头就游走了。原来，孩子们的亲妈妈的灵魂一直在指引着他们。一会儿，又遇见了正在

会 飞 的 课 本
Huifeidekeben

xún zhǎo tā men de fù
寻找他们的父

qīn
亲。

zì cóng liǎng gè
自从两个

hái zi zǒu hòu tā xīn
孩子走后，他心

lǐ yì zhí bù ān tā xiàng xiōng
里一直不安。他向兄

mèi liǎ dào le qiàn hái shuō tā men de
妹俩道了歉，还说他们的

hòu niáng yǐ jīng sǐ le
后娘已经死了。

hái zi men dài huí lái le zhū bǎo cóng cǐ tā men yì
孩子们带回来了珠宝，从此他们一

qǐ shēng huó de fēi cháng xìng fú
起生活得非常幸福。

128

水孩子

我们要善待动物,做一个真正善良的人。如果有了错误,就要及时改正,这样才会得到原谅。

从前,有个扫烟囱的小孩子,他叫汤姆。汤姆经常要钻进黑漆漆的烟囱去干活,不是被煤灰眯了眼睛,就是身子被烟囱刮破,成天生活得很辛苦。

汤姆的师傅叫葛林,常常要打骂汤姆,有时还不给汤姆饭吃,让他饿肚子。

有一天,汤姆跟着师傅到哈特荷佛老爷家的乡间别墅去扫烟囱。老爷家的烟囱高大而又曲折,像迷宫一样,汤姆扫着扫着就迷失了方向。

等汤姆找到一个出口，出来一看，竟然是一间漂亮的卧室。

汤姆一不小心碰倒了卧室壁炉旁的铁栅栏，把睡在床上的小爱丽吵醒了。

保姆闻讯赶来，见状大惊小怪（过分惊讶）地叫起来，吓得汤姆跳出了窗户。大家都以为汤姆偷了老爷家的金银财宝，跟在汤姆身后大喊捉贼。

汤姆甩掉了追赶的人群，躲在远处的树林里，他觉得这个误会实在太大。汤姆不知道，这时候有个女人已经独自追上了他。等汤姆来到海边，她已经先到水里了。原来，她是水仙中的仙后。

汤姆跑得又脏又热又累，索性跳进海里

130

xǐ gè tòng kuài
洗个痛快。

　　bù jiǔ　 tāng mǔ hūn hūn chén chén de shuì zháo le　 děng
　　不久，汤姆昏昏沉沉地睡着了。等
tāng mǔ xǐng lái cái fā jué zì jǐ bèi shuǐ xiān xiān hòu biàn chéng
汤姆醒来，才发觉自己被水仙仙后变成
le yí gè shuǐ hái zi ěr gēn hé xià hé zhī jiān zhǎng chū le
了一个水孩子，耳根和下颌之间长出了
yí duì qí
一对鳍。

　　tāng mǔ zài qiān zī bǎi tài de hǎi yáng shì jiè áo yóu
　　汤姆在**千姿百态**的海洋世界遨游，
rì zi guò de kuài huo jí le tāng mǔ xǐ huan zài hǎi lǐ zhuō
日子过得快活极了。汤姆喜欢在海里捉
nòng xiǎo dòng wù hái chángcháng jiāng yòu lěng yòu yìng de shí tou sāi
弄小动物，还常常将又冷又硬的石头塞
jìn tā men de zuǐ lǐ hǎi lǐ de xiǎo dòng wù gè gè dōu pà tā
进他们的嘴里，海里的小动物个个都怕他。

　　yǒu tiān wǎn shàng tāng mǔ zuò zài jiāo
　　有天晚上，汤姆坐在礁
shí shàng kàn jiàn yǒu sān gè rén dǎ zhe huǒ
石上，看见有三个人打着火
bǎ zài zhuō guī yú tū rán
把在捉鲑鱼。突然，
qí zhōng yí gè rén diào jìn
其中一个人掉进
shuǐ lǐ yì zhí chén dào hǎi
水里，一直沉到海
dǐ tāng mǔ yóu guò qù
底。汤姆游过去

一看，竟是自己的师傅葛林。

可是葛林并没有变成水孩子，他被水仙女们带走了，不知去了什么地方。

汤姆一直在寻找别的水孩子，却发现一位老教授带着小爱丽在海边散步，讲着海里的故事。

爱丽对海洋生物大多不感兴趣，唯独喜欢水孩子。教授用渔网在海里捞了一阵，还真的网到了汤姆。教授去捉汤姆，汤姆咬破教授的手指，重新逃回水里。

爱丽认定这就是个水孩子，便跳入大海去捉汤姆。可她非但没有捉住汤姆，反而被礁石碰伤了脑袋，她躺在地上，一动也不动。爱丽被送回家去养伤，可她还念念不忘水孩子。

　　有一天，水仙们从窗外飞来，给爱丽送来了一对小翅膀。爱丽长上了翅膀，便从窗口飞了出去，她要去寻找水孩子。

　　美丽的福善仙人要用爱来感化汤姆，她给汤姆讲故事，还教他唱歌。汤姆下决心要做个好孩子，再也不虐待小动物。

　　福善仙人还让小爱丽给汤姆当老师，教他学习各种知识。汤姆学习非常用功。过了一个月，奇迹出现了——汤姆身上的尖刺消失了，皮肤也变得干净光滑了。

　　汤姆和爱丽都说了自己的经历，这时两人才明白：他们是早就相识的好朋友。从此，他们愉快地在一起生活，不知不觉中，七年过去了。

会飞的课本

Huifeidekeben

在这七年里，每逢星期天，爱丽总是独自悄然离去。这时，汤姆总会闷闷不乐。他很想知道爱丽到底去了什么地方，他非常想跟爱丽一起去。

福善仙人的姐姐惩恶仙人告诉汤姆：爱丽去的是一个好人、圣人、能自我牺牲的人才可以去的地方，一般人去不得。要去那里，先得去他自己不愿去的地方，帮助他自己不喜欢帮助的人。

仙人还告诉汤姆：原来那个老要欺侮汤姆的师傅葛林现在正在天外天清扫

134

又黑又脏的大烟囱。汤姆按照仙人的指点，到达光辉城，穿过白城门，又经过和平地来到护持婆婆港。护持婆婆又告诉汤姆去天外天的路。

汤姆历尽千辛万苦，到达天外天，在那里看见了一座大房子。问过警察，才知道这是一所监狱。汤姆打听到葛林师傅就在这所大房子的345号烟囱上面。他费了很大工夫才找到了那根大烟囱。

眼前的葛林头和肩膀卡在烟囱口上，浑身全是烟灰污垢，那副肮脏凄惨的样子，实在叫人可怜。汤姆想把葛林救出来，用力去搬那些砖头，但一块也搬不动。汤姆又想帮葛林擦掉脸上的煤污，可不管怎么擦也擦不掉。

"天啊！"汤姆对葛林说，"我经历了无数艰难险阻来帮助你，可一点办法也没有。"葛林说："好孩子，你不要管我，要下冰雹了，这会把你打伤的。"

"冰雹再也不会落下来了。"突然，仙人出现在两人面前。仙人说，"那是你母亲跪在床前为你祈祷时流的眼泪。如今你母亲已经安息了，再也不用为她不争气的儿子哭泣了。"

葛林追悔莫及："如果不是我不学好的缘故，说不定母亲现在还活着……"葛林忍不住号啕大哭起来，没想到泪水竟把大烟囱给冲倒了。葛林因真心悔过而得救了。接下来，仙人用手巾蒙上汤姆的眼睛，送他到他想去的地方——白兰

登仙人岛。爱丽、水仙仙后和仙女们都在那里。

现在，汤姆每个星期天都能随爱丽回家去了。汤姆成了一位大科学家，能够设计铁路、蒸汽机、电报等等东西。他的本领，全都是在海底做水孩子时学会的。

懒惰的纺纱女人

懒惰的人会想出各种办法来逃避责任,但这样不会招人喜爱,小朋友可不要像她一样哟。

有一个女子非常懒惰,她不愿意整天坐在家里纺线,就把纺好的线胡乱地堆在一旁。丈夫让她把线缠好了堆放,她说:"你到森林里去砍木头做线轴吧。"

她丈夫想:"也对,没有线轴是没法缠。"

于是,丈夫拎着一把斧头到森林里去了。他爬到树上去,选了一根长得很适合做线轴的树枝,刚要去砍,忽然听见有人在小声喊:"谁砍树枝不得好死。"

丈夫放下斧头，听了一会儿，那喊声没了。他想："一定是我的耳朵出了毛病，听错了。"于是，他重新举起斧头，不料，那喊声又出现了。他又放下斧头，仔细地听了一会儿，那喊声又没了。

当他第三次举起斧头的时候，又再一次听到了那喊声。"谁砍树枝，不得好死。"他害怕了，马上跳下树来，朝家里走去。他没有想到，那声音是他妻子喊出来的。他妻子见他往回走了，赶快抄小路跑回了家。丈夫走进屋来的时候，妻子装模作样地要纺线。她问丈夫："做线轴的木头砍回来了吗？"丈夫说："没有。"懒女人于是有了借口，她只纺线，不缠线。

但是没过多久，丈夫想到了一个办法，他让妻子站在顶楼上，自己把线扔到妻子手里，再让妻子把线扔回来。这样扔来扔去，线就成了整齐的一绺。于是丈夫说，今天所有的线都可以弄成绺，明天，你把线都煮出来吧。妻子很不情愿，于是她又想出了一个计策。

第二天早晨，她把火生好后，把许多线头扔进锅里，成绺的线都被她藏了起来。然后她跟丈夫说："我要出去一下，一会儿你早点起来，看着点锅里的线，

如果鸡叫了你还不起来去看，线绺就要煮成线头了。"

丈夫不敢怠慢（懒惰，松懈），急忙起身下床，可是等他慌慌张张地走进厨房，揭开锅盖看时，却只看见沸水里的线头。他大吃一惊，心里想："这责任在我，是我错了。"于是可怜的丈夫再也不敢支使（命令人）妻子缠线煮线了，像老鼠一样地沉默着。他的妻子索性连线也不纺了，就靠丈夫养活她。

cí shàn jù rén
慈善巨人

我们决定不了自己的出生，但可以决定成为什么样的人。我们应该多行义事，成为善良慈悲之人。

hěn jiǔ yǐ qián　　yǒu gè míng jiào suǒ fēi de nǚ hái wǎn
很久以前，有个名叫索菲的女孩晚

shàng shī mián le　　suǒ fēi gān cuì cóng chuáng shàng qǐ lái　zǒu dào
上失眠了。索菲干脆从床上起来，走到

chuāng qián kàn yè jǐng　tā kàn dào yí gè jù rén yì shǒu ná zhe
窗前看夜景。她看到一个巨人一手拿着

lǎ ba　　yì shǒu ná zhe xiāng zi　biān zǒu biān xiàng měi zhuàng lóu fáng
喇叭，一手拿着箱子，边走边向每幢楼房

de dǐng céng chuāng nèi zhāng wàng　méng méng lóng lóng zhōng　jù rén cóng
的顶层窗内张望。蒙蒙胧胧中，巨人从

xiāng zi lǐ qǔ chū yí gè bō li píng　bǎ píng lǐ de dōng xi
箱子里取出一个玻璃瓶，把瓶里的东西

dào rù lǎ ba　rán hòu　shǒu jǔ lǎ ba xiàng chuāng nèi chuī qì
倒入喇叭，然后，手举喇叭向窗内吹气。

jù rén zǒu dào suǒ fēi de chuāng qián　tā bǎ suǒ fēi cóng
巨人走到索菲的窗前，他把索菲从

窗子里拎了出来，带着她飞
也似的走了。

索菲被巨人带到
了一个巨大而漆黑的
洞穴中。索菲紧紧
闭着双眼，等待巨
人把她吃掉。但巨

人没有吃她，巨人告诉索菲，这里是巨人
国，巨人国里的巨人都吃人，只有他不吃
人。他把索菲抓来，原因只是索菲发现
了他的行动秘密。经过交流，索菲知道
了眼前的巨人叫慈善巨人，是个好巨人。
交谈中，巨人向索菲说出了他的行
动秘密：每到夜里，别的巨人外出吃人
时，他则到世界各地去吹梦。慈善巨人

用喇叭把一个个幸福愉快的梦吹进孩子们的卧室，让他们在熟睡时也发出欢笑。

到了白天，慈善巨人就到空中去采集各种有趣的梦，然后，把梦装进瓶子里。这种装梦的瓶子有几十亿个，都被慈善巨人分门别类地放在洞穴的木架上。

现在，慈善巨人就要带索菲一块儿捉梦去了。他刚把索菲放入衣袋，九个外出的巨人回来了。

九个巨人都比慈善巨人大两倍。平日里，他们常常欺负慈善巨人。这会儿，他们将慈善巨人扔来扔去，捉弄了好一会儿才放行。

慈善巨人带着索菲飞快地奔走。他们越过高山、海洋和沙漠，来到了梦的发源地——梦园。

在梦园，每个梦的特征是不同的。噩梦是猩红色的，装入瓶子会猛然翻滚；美梦是白颜色的，沉入瓶底很安详。慈善巨人把噩梦分解开来，放入一个特别的瓶子里。

当他们回到巨人国时，九个巨人还在睡觉，鼾声像吹响了的进军号角。慈善巨人想乘机惩治一下九个吃人的巨人。他将猩红色的噩梦灌入喇叭，对着他们吹起来。噩梦将九个巨人折磨得尖声大叫，他们互相撕咬，陷入了一场恐怖的巨人混战中。

接下来，慈善巨人摆开了桌子，把成千上万个不同的梦装入瓶子，贴上标签。

标签上的内容都十分有趣，索菲看着看着，就笑弯了腰。

慈善巨人还会根据需要，用不同的原料，配制不同的梦境，就像配制蛋糕一样。

天亮以后，九个巨人醒来了。他们坐在一起，正在讨论去英国的几所学校吃学生的事情。慈善巨人和索菲听后急坏了，他们想来想去，觉得必须让女王尽早知道这罪恶的真相。

他们想出了一个好主意。慈善巨人将许多原料搅拌在一起，为女王调制出

146

了九个巨人吃人的梦境。

慈善巨人把索菲搁在耳朵上，带着长喇叭，向女王的住地伦敦快速赶去。在女王的卧室窗外，慈善巨人开始对熟睡着的女王吹起了喇叭。女王梦见九个巨人把一群男女学生从学校里抢出去吃了，吓得失声大叫。

一大早，报纸的头版赫然登着一群学生遇害的消息。女王发现：报纸的内容和自己的梦境完全相同。女王不安地在窗前踱步，忽然，她看到了还没有离开王宫的慈善巨人和索菲。

女王在梦境里也见过这两人，女王把两人叫到了面前。索菲说出了九个巨人吃人的真相。

听说巨人正在全世界吃人，女王大惊失色。她拿起电话和邻国国王通话，果然情况和索菲说的一样。女王立即召见陆军司令和空军司令，要求他们马上活捉九个巨人。

按照慈善巨人的建议，捉拿九个巨人的那天，女王下令出动了九架直升机。军队在慈善巨人带领下浩浩荡荡地前进。在巨人的洞穴里，士兵们用大铁链捆住了熟睡着的九个巨人。

恶魔被抓住了。世界上那些曾经受过九个巨人袭击的国家，纷纷发来电报，感谢慈善巨人和索菲。许多国王和总统还派专人给他们送来珍贵的礼物和勋章。

英国女王还发布命令，授予慈善巨

人"皇家吹梦家"的称号。

女王允许慈善巨人在晚

间任何时候周游英国，

把最美好的梦吹给

熟睡的孩子们。全

世界的孩子都写信

给慈善巨人，请

他夜间去他们那

儿吹美梦。

奇人保罗

善待命运给你的天赋，发挥自己的才能，努力去见识更广阔的世界吧！

当保罗呱呱坠地时，周围的人就惊呆了，刚生下的保罗体重有八十斤，脸上还长着黑胡子。保罗的父亲用大桶牛奶喂养保罗，可一头奶牛的乳汁还远远不够保罗吃的，保罗常常饿得哇哇大哭。保罗的母亲早上为保罗穿上婴儿服，可到了晚上，穿在保罗身上的衣服就嫌小了。没几天时间，保罗睡的床铺也不够大了，保罗的半个身体都搁在了床外边。

村里人闻讯都跑来帮忙。有的送来了牛奶，有的把送来的尿布连接起来临时赶制成床单给保罗用。床上已经搁不下保罗了，邻居们在保罗家的牛栏里腾出一块很大的空地，把保罗抬了进去。

保罗的衣服也成了问题。村里人来到附近的一艘大船上，扯下了一面很大的帆。女人们合力用船帆为保罗做了一件大衣服。找不着合适的衣服扣子，就用牛车的轮子来代替。可是，不到一天时间，牛栏也容不下保罗了。村里人决定把保罗抬到港口的一艘大船上去，搬动保罗的那天，村里人动用了起重机。

保罗睡在船里舒服多了，海浪涌动时，就像摇篮在晃，保罗甜甜地睡着了。

到了保罗要进食的时候，保罗的父亲驾着小船来到大船边，高声喊道："保罗，喝牛奶的时间到了。"保罗睡得真甜，根本听不见父亲的说话声。

村里人弄来汽笛，在大船四周叭叭地吹响，可保罗还是睡得沉沉的，没有醒来。最后还是海军上将帮了忙，他召来了很多艘军舰，围着大船同时鸣炮，炮声终于把保罗惊醒了。保罗哭喊着："妈妈，妈妈！"

由于保罗的哭声太大，船猛烈地摇晃起来，海面上顿时掀起了冲天大浪。

大浪波动开去，正航行在大西洋中的大小船只，以为是飓风来了，纷纷驶向港口避难。

到了保罗该上学的时候，父母送保罗上学。每次写字时，保罗一笔下去，一张纸最多也只能写一个字。课余时间，保罗常去打猎。一天，保罗在密林深处发现了一双鹿的眼睛，一枪射去，鹿的眼睛不见了。但是很快，鹿的眼睛又出现了。"奇怪，我可从来没有失过手呀！"保罗纳闷地想着，又射出了一颗子弹。鹿的眼睛刚刚消失，可很快又冒出来了。

保罗一生气，连续发射出二十七颗子弹。但鹿的眼睛还在密林深处忽隐忽现。只剩下最后一颗子弹了，保罗将枪口对准鹿的两眼之间发射过去，鹿的眼睛终于消失了。

"唉，为了打一头鹿，竟用了二十八发子弹，看来我的眼力不行。"保罗摸着枪口，深深地叹了口气。可是，当保罗找到鹿的尸体时，他惊呆了。密林深处，躺着的不是一头死鹿，而是整整二十八头死鹿。就在这一年的冬天，还没有成年的保罗决定离家远行了，他含泪和村里人告别，他要去见识外面更大的世界。

xiǎngdāng tài yáng de gǒu
想当太阳的狗

万物相生相克，世间只有相对的强大，所以努力担任好自己的角色，不要羡慕别人。

有一只名叫格琳霓的小狗，总觉得自己比谁都聪明。小狗还每天看着太阳想心事。别的狗感到很奇怪："格琳霓，你为什么总是看着太阳？""因为我想当太阳。""你怎么能当太阳呢？太阳的光芒能普照大地，可你连光都不会发。""我会发光的！"格琳霓说着抬起了头："太阳你听见了吗？请你下来当狗，让我当太阳吧！"

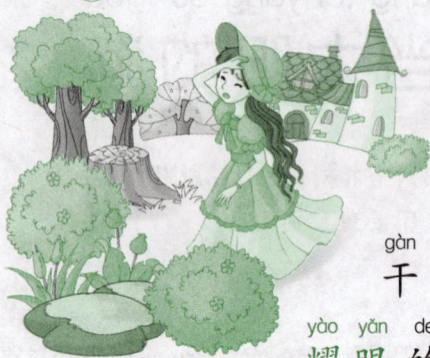

xiǎo gǒu zài yí cì xiàng tài yáng tí chū
小狗再一次向太阳提出

le yāo qiú   tài yáng niù bú guò xiǎo gǒu   zhǐ
了要求，太阳拗不过小狗，只

hǎo yǔ xiǎo gǒu duì huàn le
好与小狗对换了

jué sè
角色。

xiǎo gǒu dāng shàng le tài yáng
小狗当上了太阳，

gàn jìn shí zú   zhěng rì fā chū
干劲十足，整日发出

yào yǎn de guāng   xiǎo gǒu hái xiàng nà xiē
耀眼的光。小狗还向那些

zì rèn wéi bì xū bèi huǐ miè de rén hé dòng wù fā chū le wú
自认为必须被毁灭的人和动物发出了无

qíng de   qiáng liè de guāng   xǔ duō rén hé dòng wù dōu bèi shài
情的、强烈的光。许多人和动物都被晒

sǐ le   xiǎo gǒu hái jué de zhè shì tā zài xiāo chú dà dì shàng
死了，小狗还觉得这是他在消除大地上

de yí qiè zuì è
的一切罪恶。

hěn kuài   dà dì shàng de shēng wù dōu jué de tài rè le
很快，大地上的生物都觉得太热了，

bú lùn shì rén hái shì shòu   dōu zài shēn wā dì dòng   duǒ bì zhuó
不论是人还是兽，都在深挖地洞，躲避灼

rè de yáng guāng
热的阳光。

yǒu rén pǎo qù xiàng guó wáng sù kǔ   guó wáng yě shēn yǒu
有人跑去向国王诉苦，国王也深有

156

同感："我也怕那当太阳的小狗。"也有一些人跑去向原来的太阳诉苦。已变成小狗的太阳，却认为眼前的一切看起来还不算太糟。他告诉大家："大自然有他自己的规律，请相信我，一切都会完美起来的。"

这时，一块很大很厚的乌云横在了太阳和地球之间，当了太阳的小狗再也无法施展威力。

小狗不乐意了："太阳，你在哪里？你可以再去当你的太阳，我可要去当云彩了。"

小狗变成了乌云，待在太阳和地球之间，太阳光不能照到地球上，一切都在黑暗之中。

人人都很苦恼，又纷纷向太阳抱怨。太阳还是那句话："不用慌，大自然有他自己的规律。"

说话间，刮来一阵大风，风势猛烈，把乌云吹得四分五裂。小狗马上改了主意："我不当云彩，我要当风。"当了风的小狗，用足全力时时刮着大风，吹走了许多东西。但有一样东西伏在地上一动不动，那便是身体上有着两个吸盘的水蛭。

"我要当水蛭！"小狗变成水蛭后，有一天，在一头水牛的践踏下，化为一撮泥土。"我不当水蛭，我要当水牛。"小狗变成水牛后，到处乱跑。农夫见了，用绳子穿过水牛的鼻子，把他拴在大树上。

"我不当水牛了，我要当一条结实的

绳子。"于是小狗变成了绳
子。有一只棕色小狗从
远处跑来，用
锐利的牙齿把
绳子咬得七零八落。

"还是狗最厉害！我
要变回原先的小狗。"这就
样，绳子变成了一只名叫格琳霓的小狗。
从此，小狗格琳霓快快乐乐地生活
着，不再胡思乱想了。

xiǎo liè shǒu
小猎手

做人要知恩图报，别人在你困难时帮助过你，你成功后也要懂得回报。

cóng qián, yǒu gè jiào tǎ jí kǎ kè de yú mín měi cì
从前，有个叫塔吉卡克的渔民，每次

chū hǎi dǎ yú dōu mǎn zài ér guī dàn shì
出海打鱼，都满载而归（收获极丰富）。但是

yǒu yí cì tǎ jí kǎ kè yǔ wǔ gè tóng bàn chū hǎi bǔ jīng
有一次，塔吉卡克与五个同伴出海捕鲸，

yù shàng le bào fēng yǔ quán bù yù nàn le
遇上了暴风雨，全部遇难了。

bù jiǔ tǎ jí kǎ kè de qī zi shēng le gè nán hái
不久，塔吉卡克的妻子生了个男孩。

wèi le jì niàn zhàng fu tā réng jiào ér zi wéi tǎ jí kǎ kè
为了纪念丈夫，她仍叫儿子为塔吉卡克。

xiǎo tǎ jí kǎ kè màn màn zhǎng dà le néng bāng mā ma
小塔吉卡克慢慢长大了，能帮妈妈

gàn huó le tā cháng cháng qù hǎi biān cǎi hǎi cài
干活了，他常常去海边采海菜。

yì tiān mǔ qīn hái zài shuì jiào xiǎo tǎ jí kǎ kè yǐ
一天，母亲还在睡觉，小塔吉卡克已

钻出帐篷，朝海边走去，他想弄些肉给母亲吃。

大礁石上长满了海苔，小塔吉卡克的两脚刚跨上去，就掉进了大海。大礁石底下，有道宽敞的大门，大门直通一个礁洞，小塔吉卡克向洞中走去。

"你是谁？"一个手持梭镖的渔民拦住问。"我叫塔吉卡克。"男孩子说。这时，另外五个手持梭镖的渔民都围了过来。

"儿子，我的儿子！"其中，有个渔民正是小塔吉卡克的父亲。父亲得知妻儿好久没吃肉了，就将一块鲸肉、一块海象肉、一块海豹肉递给小塔吉卡克。

父亲叮嘱儿子："回去后，闭上眼睛，把三块肉扔进地窖，再叫你母亲去拿肉。"

回到家，小塔吉卡克按照父亲的嘱咐闭上眼睛，把三块肉扔进了地窖。

小塔吉卡克让母亲去地窖看看有没有肉。

母亲将信将疑地来到地窖，发现里面像从前一样堆满了鲸肉、海象肉和海豹肉。

"只有丈夫在世时才有这么多肉啊！"母亲想起往事，不禁哭泣起来。

吃完肉，地窖里又变得空空荡荡了。

小塔吉卡克决心像父亲一样出海打猎。

小塔吉卡克手持梭镖来到一艘兽皮船前，求渔民们带他出海，渔民们没同意。

小塔吉卡克来到第二艘兽皮船前，求渔民们带他出海。渔民们说他们没有梭镖不能出海。小塔吉卡克来到第三艘兽皮船前，这艘船有点破，船上坐着一位老爷爷，老爷爷答应带他出海。

所有的船都消失在远方了，老爷爷的破船才慢慢划到了大海上。小塔吉卡克用力将梭镖朝前方的黑块投去。一条大鲸被他击中了。

大鲸肚子朝天地浮在水面，老爷爷和小塔吉卡克把鲸拖到了岸边。空手而归的渔民们都围了上来。老爷爷说："是小塔吉卡克用梭镖扎死大鲸的。"

渔民们都争着请小塔吉卡克一起出海打猎。第一艘兽皮船的渔民许诺送他雨衣。第二艘兽皮船上的渔民说:"如果到我们船上来,你准能捕到更大的鲸。"

小塔吉卡克说:"除了老爷爷的兽皮船,我哪儿也不去。"

从此,小塔吉卡克只和老爷爷一起出海打猎,每次都满载而归。

mù tóng
牧童

做人要诚实讲信用，答应别人的事情就应该
做到，而不是找各种理由来搪塞。

cóng qián   yǒu wèi piào liang de gōng zhǔ   měi tiān dōu yǒu xǔ
从前，有位漂亮的公主，每天都有许

duō nián qīng rén qián lái xiàng tā qiú hūn
多年轻人前来向她求婚。

yì tiān   guó wáng duì suǒ yǒu qiú hūn de qīng nián shuō
一天，国王对所有求婚的青年说：

zhǐ yǒu néng jīng shòu sān cì kǎo yàn de rén   cái néng hé gōng zhǔ
"只有能经受三次考验的人，才能和公主

jié hūn   yí gè xiǎo mù tóng yě zài kàn rè nao   tā tīng dào
结婚。"一个小牧童也在看热闹。他听到

dì yī zhǒng kǎo yàn shì jiāng yì bǎi zhī tù zi fàng mù yì tiān
第一种考验是将一百只兔子放牧一天，

wǎn shàng yào yì zhī bù shǎo de gǎn huí lái   dà jiā tīng de mù
晚上要一只不少地赶回来。大家听得目

dèng kǒu dāi   mù tóng què shuō   wǒ néng wán chéng rèn wu
瞪口呆，牧童却说："我能完成任务！"

guó wáng tóng yì ràng tā shì shi   dàn mù tóng hěn kuài yòu hòu pà
国王同意让他试试。但牧童很快又后怕

起来，不知该怎么办。

这时，一位老太太交给他一支笛子，说："他会帮助你的。"就这样，小牧童按照国王的旨意，把兔子全部放出去了。

太阳快落山的时候，牧童拿起笛子一吹，一百只兔子全部自动跑回来了。

国王和公主都不希望牧童完成任务。公主化装成村姑后，来向牧童买兔子，但被牧童识破了。

"卖可不行，但如果你愿意亲热地和我待上一小时，我可以送你一只兔子。"公主只好答应和

牧童亲热地坐上一会儿。一会儿后，公主抱着一只兔子往回走。可在半路上，牧童的笛子一吹，兔子挣脱公主的双手又逃了回去。

国王化装成商人也来买兔子。牧童看出国王的心思后说："不卖，但如果你吻一下牛的屁股，我可以送你一只兔子。"国王只好照办。

国王也得到了一只兔子，但在半路上，这只兔子同样被笛声召回去了。

晚上，牧童领着一百只兔子兴高采烈地回到王宫。第一个任务完成了。

国王给的第二个任务是：把混合在一起的扁豆和豌豆，在没有灯光的情况下区分开来。

晚上，牧童吹响笛子，很快，远处爬来了成千上万只蚂蚁。眨眼工夫，蚂蚁就把扁豆和豌豆分得清清楚楚。第二个任务也完成了。

国王气呼呼地下达了第三个任务。他要牧童在一夜间吃完一房间的面包。

晚上，牧童又吹起笛子，这次来了许多老鼠，不一会儿，他们将面包啃得一个不剩。第三个任务也完成了。

可是国王想耍赖："你必须对我们说上一口袋的谎话，否则你就不能娶我的女儿。"

牧童编了许多谎话，嘴都说干了，可国王和公主总是说："噢，口袋还没满呢。"

牧童实在没办法了，只得说："我曾

经和可爱的公主在
山坡上亲亲
热热地过了
一个小时。"
羞得公主满脸
通红。但国
王仍说："这

谎话还不够，口袋还没满呢！"牧童狠
了狠心，说："陛下，你那天不是还吻了
……""口袋满了，满了！别说了。"国王
跳了起来。

　　国王为牧童和公主举行了婚礼。这
以后，牧童和公主一直过着快乐的生活。

不满足的鱼

bù mǎn zú de yú

骄傲自大只会让人身处险境,处在最适合自己的环境中才是最好的。

从前,有个小池塘。这池塘幽静,池水清冽,池塘四周还长满丰盛的水草。小池塘是小鱼们的天地,没有江河里的大鱼的侵扰,小鱼们的日子过得又快乐又自由。

可池塘里有条最大最壮的小鱼,总是自命不凡。别的小鱼向他游来,他总是爱理不理的。

一天,有条小鱼壮着胆子对他说:

170

"像你这样了不起的大鱼，本不应该在小水坑里生活啊！"

"是啊，我怎能和这些小鱼小虾混在一起呢？等大河里的水泛滥到小池塘里时，我就随波流到大河里去吧！"

当小鱼把自己的真实想法告诉伙伴们时，伙伴们都一个劲儿地预祝他获得成功。然而，一转身，小鱼们都无法掩饰内心的喜悦，暗暗盼望着这个骄傲的伙伴快些离开这小池塘。

一连几天，大雨滂沱。洪水涨过来，淹没了小池塘。这条不满足现状的小鱼终于浮到水面，任凭洪水将他冲进了大河。

在河里，小鱼感觉出河水和池水的味道不同，还发现这里的水草和石头都

会飞的课本

Huifeidekeben

比池塘里的大得多。

小鱼如愿以偿地吁了

口气，慢慢地闭着双

眼，开始憧憬即将

到来的幸福日子。

过了一会儿，

小鱼感到身后

的水波动起来，

接着，有四五条名副其实的大鱼从他身

边游过。

其中有一条大鱼朝他看了一眼，突

然厉声喝道："闪一边去，小鱼！"听到

同伴的喝斥声，几条大鱼也回转身来，一

齐喝道："滚一边去！滚一边去！"倒霉

的小鱼躲进一簇水草里，一动也不敢动。

这时，有一条黑白相间的大鱼朝小鱼冲过来。要不是小鱼拼命钻进河岸边的隙缝中，早就没命了。

"天哪，这日子怎么过呀？"整整一天，小鱼都躲在隙缝中，直到深夜，才敢出去觅食。

模模糊糊中，他觉得尾巴被谁狠狠地咬了一口，幸亏一只独木舟迎面划过来，他才趁机逃脱。

小鱼开始后悔了，后悔当初不该离开小池塘。悔恨中的他决定在洪水退尽之前，设法回到小池塘去。

小鱼沿着泥泞的河床摇摇摆摆地游着。洪水打着旋儿冲过来，他挣扎着，奋进着，好不容易才回到从前的小池塘。

会飞的课本

Huifeidekeben

精疲力竭（非常疲劳，一点力气也没有）的他，看着自己所熟悉的环境，终于明白过来：风平浪静的小池塘，对自己来说是多么重要！

从那以后，小鱼生活在池塘里，再也不觉得有失体面了，当伙伴们向他游来时，他还主动上前去打招呼呢！

yǒu qù de xiǎo jù rén
有趣的小巨人

一个人也许有很多梦想，但那些不一定适合自己。只有能充分发挥自己才能的，才是适合自己的。

从前，世界上有一个巨人之家。家里有爸爸、妈妈和他们的儿子小巨人。

小巨人的玩具必须是巨大的。因此，小巨人的爸爸给小巨人买来了美丽的尖顶楼房和带有许多铃铛的庙宇。

小巨人长成少年后，不再玩玩具，他告别父母，离开家乡，周游世界去了。

小巨人来到海边，海上正起着风，海

面上波涛汹涌，浪花飞腾。小巨人不希望海里有这么多的"白泡沫"，就鼓起腮帮子吹起来。这一吹，还真的把海洋吹没了。

小巨人抬头看看天空，发现天空中也有许多白色的东西："天上也有泡沫，让我把他也吹走吧！"小巨人仰面朝天，对着天空吹啊吹，把天上的白云吹得飘过来又飘过去。

小孩们都喜欢玩小动物，比如小猪啊，小狗啊，但对小巨人来说，就是玩大猪、大狗也觉得没意思。

一天，小巨人看到路上走过来一头大象，乐了。"我最喜欢这样的小东西。"小巨人把大象搂在怀里，轻轻唱着摇篮曲："睡吧，睡吧，我的小宝贝。"把大象逗得咯咯笑。

每个孩子都有自己的理想，小巨人也有理想。他最初的理想是成为消防队员，熄灭大海上火红的晚霞。后来，他想成为一名魔术师，隐藏在角角落落里，让人看不见。最后，小巨人决定当一名医生。当医生并不难，他穿上白大褂，还真像个医生。

小巨人有个特别的听诊器，那是一个乐队用过的一个吹号用的铜管。

第一个来看病的是一头狮子。"小

家伙，快坐下，让我给你听听心脏。"小巨人说，狮子心脏跳动的声音像优美动听的音乐。

接连几天，小巨人对每个患者都说这样的话。

一天，一只老虎来看病，小巨人拿起铜管在老虎胸口听了听，皱起了眉头："你的心脏已经停止跳动了。""你的心脏才停止了跳动呢！"老虎生气了，"我明明活着，能跑又能跳，怎么说我死了呢？"

老虎愤愤地离去后，消息传开，谁也不再到小巨人这里来看病了。

一天，聪明的大象来到小巨人的诊所。小巨人拿出铜管给大象听了听，说大象的心脏也不中用了。

大象睁大眼睛看了看铜管,找到了原因:"不是我的心脏不中用,而是你的铜管中间被东西堵塞了,所以你才什么也听不见。"从此,小巨人扔掉铜管听诊器,再也不当医生了。

一次,小巨人的牙齿疼得厉害,他用各种方法进行治疗,但都没有用。小巨人最后只好请巨人医生为他看病。

"把嘴张大。"巨人医生用镜子把小巨人的大嘴照了照,肯定地说:"你的牙缝里有个洞。"

"有什么洞呀?"

小巨人很疑惑，"有洞为什么会疼？你家的壁炉也有洞，为什么不疼？"

巨人医生最后得出结论：牙缝里有个东西。他用特大手术钳在牙缝里夹呀夹，竟夹出了一头河马。

小巨人又惊讶又高兴，埋怨河马不该钻到他的牙缝里来。河马感到很委屈，他向小巨人解释说："昨天夜里，我迷了路，到处乱闯，忽然看见一个洞，就钻了进去，没想到钻进了小巨人的嘴巴。"

小巨人这才意识到自己睡觉时总是张着嘴，难怪河马会稀里糊涂地闯入口内。

为了避免类似的事情再发生，从那以后，每次睡觉前，小巨人就在自己嘴上贴张布告，上写四个字："严禁入内！"

所有的动物见此布告，都小心翼翼地绕道而走，以免误入歧途（错误的道路）。

有一次，小巨人做了一些纸船，纸做的船中有白色的帆船，黑色的护卫舰和蓝色的两桅帆船。

小巨人小心翼翼地把纸船放入大海，扬起风帆，挥手送船远航。

纸船在海上漂呀漂，漂呀漂，漂过大海，漂过大洋。

一天，正在海上航行的一艘大船遭风浪袭击，沉没了。一些遇难的海员正在惊涛骇浪中挣扎。他们落入海中的时间很长了，许多人已经奄奄一息。

这时，有人看到了从远处驶来的纸船，忍不住大声呼叫："救命的船来了，

救命的船来了！"落难的船员绝处逢生，一个个爬上了巨大的纸船。

纸船随着洋流，把他们带到了各自的家乡，让这些受尽了惊吓的船员和亲人团聚。

从那以后，每当闲暇时，那些曾经身临绝境的海员总会向他们的亲友讲述获救的经过，可他们至今仍不知道是谁帮他们创造了生还的奇迹。

é dàn er
鹅蛋儿

我们应该欣赏并重用有能力的人,而不是想方设法地阻碍他们。君子应有容人之量。

　　cóng qián　　yǒu wǔ gè nóng fù　　yì tiān　　tā men lái dào
　　从前,有五个农妇,一天,她们来到

yě wài gē cǎo　　zài cǎo dì shàng fā xiàn le yí gè zú yǒu rén
野外割草,在草地上发现了一个足有人

tóu nà me dà de é dàn
头那么大的鹅蛋。

　　wǔ gè nóng fù dōu bú huì shēng hái zi　　kàn dào é dàn
　　五个农妇都不会生孩子,看到鹅蛋,

nèi xīn yǒng qǐ le yì gǔ pàn zǐ zhī qíng　　zhè é dàn shì
内心涌起了一股盼子之情。"这鹅蛋是

wǒ zuì xiān kàn dào de　　bú duì　　shì wǒ zuì xiān kàn dào
我最先看到的。""不对,是我最先看到

de　　nóng fù men nǐ zhēng wǒ duó　　hù bù xiāng ràng　　wèi le
的。"农妇们你争我夺,互不相让。为了

yí gè é dàn　　nóng fù men zuì hòu hái hù xiāng dǎ le qǐ lái
一个鹅蛋,农妇们最后还互相打了起来。

chǎo wán dǎ wán zhī hòu　　wǔ gè nóng fù jué dìng gòng tóng yōng yǒu
吵完打完之后,五个农妇决定共同拥有

这个鹅蛋，她们将鹅蛋带回家，每人八天，轮流抱窝。

抱窝的情形，就像鹅妈妈孵小鹅一样。哪个农妇孵蛋时，她不但不用再干活，别的农妇还要送她吃的喝的。到第五个农妇孵蛋孵到第八天的时候，鹅蛋里真的传来了婴儿的啼哭声，一个婴儿破壳而出。这是一个长得很结实的男孩，这男孩一落地，就会说话了。张口就喊饿，还说要吃蜂蜜、牛奶、稀饭和肉汤。

五个妈妈给孩子取名为鹅蛋儿。尽管鹅蛋儿长得丑，但五个妈妈不嫌弃，日夜轮流照顾他。

只是鹅蛋儿的饭量一天比一天大。五个妈妈养不起他了，只好让他独自一人离家去谋生。

　　鹅蛋儿离开了妈妈们，来到了王宫当杂役，帮助宫里的女佣担水劈柴。

　　鹅蛋儿抡起大斧劈柴，一会儿工夫，他连花园中建造新宫殿的大梁、大柱也给劈了。负责建造新宫殿的官员见上等木料全都成了碎片，又气又急，当即命令鹅蛋儿去森林伐木。

　　鹅蛋儿先是来到铁匠铺，请铁匠打了一把五百斤重的斧子，然后，赶着马车走向森林。

　　鹅蛋儿在森林里连砍带拔，转眼间

会飞的课本
Huifeidekeben

就放倒了半片森林。远远望去，森林就像遭受了龙卷风的袭击一样。

八匹马拉不动半片森林，鹅蛋儿把它们推到一边，自己拉着马车回来了。

国王听到消息后，十分震惊。他命令手下人把鹅蛋儿叫来，国王要亲眼见一见大力士。

国王见了鹅蛋儿，第一句话就问："你一餐要吃多少？"鹅蛋儿如实回答："一餐要十二吨面粉。"国王害怕极了。

这时，宫外正好传来邻国进犯的消息。国王当即决定派鹅蛋儿领兵抗敌。鹅蛋儿不愿别人去冒险，他情愿独自一人上战场。临行前，他希望国王给他一柄大铁锤。

铁匠打了把三百斤重的铁锤给鹅蛋儿。"这小锤只能以后用来敲核桃。"鹅蛋儿看了一眼，没有要。铁匠打了把五百斤重的铁锤给鹅蛋儿。"这铁锤只能留着以后敲鞋钉。"鹅蛋儿试了试，也没要。鹅蛋儿自个儿来到铁匠铺，亲自动手打了一把八百斤重的铁锤。这铁锤好几个壮汉都扛不动，鹅蛋儿轻轻一举，就举过了头顶。

鹅蛋儿出征那天，宫里人杀了十五头公牛，剥下牛皮，做成一个大口袋，装上干粮让鹅蛋儿带走。

鹅蛋儿扛着铁锤，背着牛皮口袋朝敌人的阵地走去。而敌人的队伍此时正排山倒海般地冲了过来。敌人见对面只

会飞的课本
Huifeidekeben

zǒu lái yì míng zhàn shì shí fēn nà mèn tíng zhǐ le qián jìn
走来一名战士，十分纳闷，停止了前进。

dí rén pài chū yí gè shì bīng qián qù xún wèn é dàn
敌人派出一个士兵，前去询问鹅蛋

er shì fǒu zuò hǎo le zuò zhàn de zhǔn bèi é dàn er
儿："是否做好了作战的准备？"鹅蛋儿

bào qiàn de xiào xiao shāo shāo děng wǒ yí huì er děng wǒ chī
抱歉地笑笑："稍稍等我一会儿，等我吃

le wǔ fàn zài kāi zhàn é dàn er lā kāi niú pí kǒu dai
了午饭再开战。"鹅蛋儿拉开牛皮口袋，

tāo chū le gān liang dí rén děng bù jí le tā men kāi huǒ
掏出了干粮。敌人等不及了，他们开火

le zǐ dàn xiàng yǔ diǎn er shì de xiàng é dàn er shè lái
了，子弹像雨点儿似的向鹅蛋儿射来。

é dàn er jiàn zǐ dàn zài
鹅蛋儿见子弹在

yǎn qián fēi lái fēi qù hěn bù nài
眼前飞来飞去，很不耐

fán jiù yòng niú pí kǒu dai zuò le
烦，就用牛皮口袋做了

gè tiān rán píng zhàng fēi lái de zǐ
个天然屏障，飞来的子

dàn jiù bú zài yǐng xiǎng tā jiù
弹就不再影响他就

cān le
餐了。

kě shì dí rén
可是敌人

yuè lái yuè bú xiàng huà
越来越不像话

了。他们开始打炮、扔手雷，有颗炮弹还呼啸着穿过了鹅蛋儿的手指缝。接下来的一颗炮弹还打飞了鹅蛋儿手中夹着的面包。

鹅蛋儿终于生气了，抡起大锤在地上顿了顿，地上立刻出现了一个大洞。大铁锤敲地面的声音传到了敌人的阵地，把敌人的大炮从马车上震落下来。敌人这才知道对面的战士是个了不起的人物。他们马上鸣金收兵，回自己的国家去了。

当鹅蛋儿得胜回来时，国王的脸上并没有笑容。一个巨人在身边，国王感到不安全。于是，国王故意派他去地狱向魔鬼要贡品。

189

鹅蛋儿**风风火火**地来到地狱。魔鬼不在，魔鬼妈妈说什么也不肯送贡品给国王，还说她的反抗精神比身边的栎树还要强。**这是一棵十五个人才围得住的栎树。**鹅蛋儿二话没说，爬上树顶，把栎树树冠全部折断了。魔鬼妈妈害怕了，她拿出全部金银珠宝交给了鹅蛋儿。

鹅蛋儿离开不久，魔鬼就回家了。看到珠宝被人背走，魔鬼先把母亲打了一顿，然后追了出来。

魔鬼会飞，鹅蛋儿见魔鬼追来，赶忙从一个山头跳到另一个山头，然后躲在悬崖后面。魔鬼刚刚接近悬崖，八百斤重的大铁锤已经朝他扫来。魔鬼躲闪不及，被重重的铁锤砸破了头，砸断了腿，

他惨叫一声，滚下山谷，死了。

鹅蛋儿背着珠宝来到宫里，国王是又喜又怕。国王又一次想出了坏主意："如果现在你能上天，到月亮上为我取下一块石头，我就将一半江山给你。"鹅蛋儿已经明白国王的用意，但他还是同意了。

鹅蛋儿邀请国王来到宫殿门口，请求国王指点一下上天的道路。宫殿里的人全都聚集过来了。他们好奇极了，谁都想知道国王是怎样指点鹅蛋儿上天的。

国王装模作样地比划着，鹅蛋儿可

不依不饶："仁慈的国王，这上天的第一步路究竟在哪儿呢？"国王只好含含糊糊地说："我……我也不知道！""你不知道，我知道！"鹅蛋儿大声说着，对准国王的屁股，用力一脚。国王"咚"的一声，像只皮球似的弹上了天。当围观的人还没回过神来的时候，鹅蛋儿已经头也不回地离开了宫殿。

再说那国王在闪闪发亮的星星间惊恐万分地飞了一圈又一圈，可怎么也停不下来。国王的女儿朝着天空一遍又一遍地数着，才一会儿工夫，她说国王在天空已经飞了三百八十五圈。

小矮人和三个瓷罐子

> 喜爱一件事物，应该有其度，获得它的方法也应该适当。什么事情都不可过度，过度就会遭受损害。

从前，有个国王，他的王宫和王宫里的许多东西都是陶瓷做的。国王对瓷器的喜好胜过金银珠宝。不过，在国王的心目中，有一样东西比瓷器更珍贵，那就是女儿罗莎蒙达公主。

国王爱护公主就像爱护瓷器一样。因为怕公主走路摔着，国王派人在公主卧室的地上铺上一层厚厚的棉花。公主

去花园散步，仆人就在前面铺上波斯地毯，生怕铺得不合适，国王还要亲自检查。

王宫的一间漂亮的大房子里摆满了好看的瓷罐子。很多王亲国戚和达官贵人来到王宫，总要前去欣赏国王亲手做的瓷罐子。客人还常常随身带来一些珍贵的瓷碗和瓷罐，献给国王，讨国王的欢心。

春天到了，一天，十六匹马拉着一辆马车朝王宫疾驶而来，赶车的是位年少的小矮人。

马车上装着一个大箱子。小矮人在

国王面前打开了箱子，捧出了一个瓷罐子。这是一个绿颜色的瓷罐子，上面画满了浅绿、灰绿、深绿的树叶，像真的一样。国王看呆了，问："这罐子要多少钱？"

矮人笑笑："值不了多少钱，只要您把军队给我，这瓷罐子就归您了。"

国王愣住了："没有了军队，我用什么去保卫我的国家，用什么去同敌人作战呢？"

"这罐子好就好在这儿，"矮人介绍说，"您只要掀开盖子，说一声'砰！砰！'敌人就被吓跑了。"

这绿罐子太好了，国王决定用军队来交换。

国王的军队有一万多人，转眼间，就

集合在道路两旁。小矮人下了命令："立正！向前！起步走！"就这样，浩浩荡荡的军队跟着小矮人走了。

罗莎蒙达公主坐在窗前看着浩浩荡荡的军队，伤心地哭了：没有军队，由谁来保护这个国家呀？

一年过去了，一天，一辆由十六匹白马拉着的马车朝王宫疾驶而来，赶车的还是那个小矮人。这一次，小矮人给国王看的是个蓝罐子。蓝罐子上画着飞鸟和游鱼，还有星星和水草，美丽极了。

国王看着蓝罐子，喜欢极了："这个罐子值多少钱？"小矮回答道："值不了多少，只值一百个城市。"

"一百个城市就是我整个国家呀。

我把国家卖了，那我的臣民岂不要活活
饿死？"国王差点要跳起来。

"不会饿死的，只要您掀开蓝罐子，
说声'饭、饭、饭'，全国的老百姓就有吃
的了。"

就这样，国王答应用一百个城市换
取矮人的蓝罐子。国王一收下蓝罐子，
公主就发现城外的房屋、土地、森林全不
见了，灰色的烟云笼罩

着整个大地。

国王把蓝罐子放

入一间豪华的蓝房

子里，每天派武士

守卫着蓝罐子。

又一年过去

了，十六匹枣红马向王宫疾驶而来，赶车的还是那个小矮人。

这回，国王看到的是个红罐子。画面上火红的朝霞、鲜艳的玫瑰，它比以前两个罐子更漂亮。

国王问小矮人："你要什么？"

"我要罗莎蒙达公主嫁给我！"

"这不可能！没有了她，我的心会破碎，我会伤心地死去。"国王连连摇头。

"不会的。"小矮人说："只要你掀开红罐子，你的忧伤和思念马上就会烟消云散。"矮人掀开了盖子，罐子里马上传来了悠扬的乐曲声，似山泉潺潺，如鸟儿歌唱，动听极了。

国王最终用女儿换了红罐子，可怜

的公主被小矮人领出了王宫。

在宫门口，国王正恋恋不舍地和公主道别，站在一旁的小矮人忽然大笑起来。

小矮人脸上的笑容很快就不见了："用了三个瓷罐子，国王就放弃了一切，这样的国王留着何用？"小矮人说着，甩了一下手里的鞭子，国王立刻变成了一个瓷器老头儿，站在那里一动也不动。

公主看到这种情景，立刻撒腿向王宫跑去。小矮人在后面紧追不舍。

公主首先朝那间放绿罐子的房子跑去，公主拿起罐子，摔在地上，绿罐子被摔得粉碎。随着绿罐子被摔成碎片的声音，远处传来了震耳欲聋的脚步声，国王一万多人马的军队回来了。

会飞的课本

Huifeidekeben

公主接着又朝那间放蓝罐子的房子冲去，用力摔碎了那个蓝罐子。转眼间，笼罩在一百个城市上空的黑黑的乌云消散了，房屋、田地、森林、河流又清晰可见了。

随着两个瓷罐子被摔破，小矮人的脸气得一会儿变成绿的，一会儿变成蓝的。公主还在拼命地跑，她就要跑到那只红罐子的跟前了，可她的双手被小矮人牢牢地抓住了。公主灵机一动，朝红罐子飞起一脚，红罐子晃了晃，倒在地上了。随着它的倒地，国王变回了原来的

yàng zi
样子。

zhè shí hou xiǎo ǎi rén zài yě wú fǎ shī zhǎn mó fǎ
这时候，小矮人再也无法施展魔法
le tā de liǎn sè yǐ jīng biàn de xiàng dì sān gè guàn zi nà
了，他的脸色已经变得像第三个罐子那
me hóng zhǐ jiàn tā tiào shàng mǎ chē yáng qǐ biān zi hěn hěn
么红。只见他跳上马车，扬起鞭子狠狠
de cháo shí liù pǐ zǎo hóng mǎ chōu qù mǎ chē lā zhe xiǎo ǎi
地朝十六匹枣红马抽去，马车拉着小矮
rén zài yí piàn qīng yān zhōng xiāo shī le
人在一片青烟中消失了。

lǜ sè de xiǎo ǎi rén
绿色的小矮人

善行会有善果，我们在平时要多做些善事，无心之间做的善事，可能会给你带来意料之外的好运。

pín qióng de gé lǐ shā hé sà shā shēng huó zài jù dà de
贫穷的格里沙和萨莎生活在巨大的

tòng kǔ zhī zhōng　　tā men de fù qīn dé le zhòng bìng　yǐ jīng
痛苦之中。他们的父亲得了重病，已经

wò chuáng yì nián duō le　　jiā lǐ suǒ yǒu de qián dōu gěi fù qīn
卧床一年多了，家里所有的钱都给父亲

mǎi yào le　　tā men shēng huó de yì tiān bǐ yì tiān kùn nan
买药了，他们生活得一天比一天困难。

gé lǐ shā hé sà shā jué dìng qù sēn lín zhōng zhǎo nǚ mó fǎ shī
格里沙和萨莎决定去森林中找女魔法师

bāng máng
帮忙。

yì tiān　tā liǎ lái dào sēn lín lǐ　kàn jiàn yì jiān xiǎo
一天，他俩来到森林里，看见一间小

fáng zi　nǚ mó fǎ shī tóu dài yì dǐng dà mào zi zuò zài chuāng
房子，女魔法师头戴一顶大帽子坐在窗

前。她见格里沙和萨莎走过
来，温柔地问："你们
到我这来，有什
么要求吗？"

"我们给您
带来一些蜜，"萨
莎说，"我们的父亲病
了，可谁也治不好他的病，您能帮帮我们
吗？"说着，她拿来一本特别厚的包着红
书皮的旧书翻起来，她看了几行，想了想
说："你们必须找到一个绿色小矮人，他
知道一种能治你们父亲的病的草。"

"可是，我们上哪儿去找呢？"格里
沙问。"这我也不知道了。"女魔法师摇
着头说。

他俩告别了魔法师，一直向森林深处走去。走着走着，突然听到一种奇怪的微弱的声音，他俩停住脚步，向发出声音的地方望去，只见一棵大树后，有一个身穿绿色衣服的小矮人，小矮人坐在一个树桩上，脚下放着一捆绿色的树枝，小矮人正看着树枝摇头叹气。

格里沙走到小矮人面前，问："你怎么了，有什么不愉快的事吗？说出来，也许我们能帮助你。"

绿色小矮人带着哀怨的口气说："我感到绝望。我从早到晚不停地砍柴，但还是挣不到钱。森林旁的居民们嫌我砍的柴太绿了，所以谁也不买。可是我的斧子只能砍绿色的树枝，没有钱，我会挨饿的。""我们愿意买你的这些树枝，"萨莎说，"但我们没有钱，只能用这些蜜来换了。"

"啊！可爱的孩子们。"小矮人高兴地跳起来。又说："你们救了我，我现在可以砍所有的树枝了。因为你们买了这第一捆树枝，就把我的斧子的魔法解除了，我该怎么感谢你们呢？"

他俩把父亲的病告诉了小矮人，问他是否可以帮忙。

"当然可以。"小矮人说，"你们把这些绿色的树枝栽到你们的花园中，它们很快就能长高。当这些树枝长出芽时，你们把绿芽摘下来。用这些绿芽泡水，你们的父亲喝了用绿芽泡的水，病一定

会好的。你俩要记住：一定要好好看护这些小树枝，因为每天晚上都会有绿色大毛虫、绿色大蝴蝶和绿色蜗牛来侵害树枝。"

格里沙和萨莎高高兴兴地扛着树枝回到了家。这一小捆树枝共十二根，他俩把树枝栽到花园里，小心翼翼地看护着。

第二天，有三根树枝不知为什么死了，格里沙伤心地对萨莎说："今天晚上我不睡了，我来保护剩下的树枝。"

到了晚上，格里沙坐在花园里，手拿

一根粗木棒看护树枝。这时正是温暖和煦的春天，格里沙看着看着，不知不觉地睡着了。当他醒来时，又有三根树枝死了。

早晨，萨莎对哥哥说："今晚我去看护，无论怎样我都不睡觉。"

很快又到了晚上，萨莎手拿木棒看护树条。快到半夜时，萨莎困极了，不知什么时候木棒从她手中掉在地上，她也睡着了。当早晨的阳光把她从梦中照醒时，她睁眼一看，又有三根树枝死了。

父亲的病越来越重，而树枝只剩下三根了，他俩不知怎么办才好，于是去森林中找小矮人帮忙。他俩在一堆木柴旁找到了绿色小矮人。

"你们好，"小矮人说，"你们生活得

怎么样？我现在可好了，居民们都愿意买我砍的柴。"

格里沙和萨莎眼里含着泪讲述了事情的经过，并告诉小矮人，树枝只剩下三根了。

"不要哭，"小矮人安慰他俩说，"今晚我去看护树苗，我一定会看好的。"

这天晚上，绿色小矮人来到花园，他手里拿着斧子站在树枝旁。格里沙和萨莎想看看究竟是什么东西把树枝弄死的。可是不一会儿，他俩又睡着了。突然，他们被一阵声响惊醒，他们看见，小矮人正用斧子砍杀一条绿色毛虫，在他的后背上有一只大蜗牛，头上还有一只绿蝴蝶，蝴蝶正用翅膀击打小矮人。格

208

里沙和萨莎全明白了,他俩赶忙出来,帮助小矮人赶走了这些坏东西。

绿色小矮人从树枝上摘下一些绿芽,然后让萨莎去烧水,把绿芽泡上。父亲喝了用绿芽泡的水后,病一下就好了。小矮人高兴地说:"你们父亲患的是三种病,现在病魔被赶走了,他们不敢再来了,我也要离开了,你们多保重。"说完,绿色小矮人向森林中走去。

从此以后,格里沙、萨莎和父亲生活得很幸福。

小风笛手

xiǎo fēng dí shǒu

上帝给你关上一扇门，就会给你开启一扇窗。每个人都有其生存的价值和意义。

很久以前，在一位公爵领地的边界，住着一对诚实的夫妻——迈克尔和朱迪。这两个可怜的人一共生了四个儿子，其中三个长得又健康又活泼，是天底下最英俊的男孩子了。随便哪一个爱尔兰人，看到这三个男孩个个披着亚麻般的鬈发，手里拿着一个个**热气腾腾**的大土豆站在他们的家门口，他一定会为自己的家乡有这样一个家庭而感到**自豪**的。

可是，另一个孩子，也就是第四个儿子，情况就完全不同了，他是一个奇丑无比、身体畸形的侏儒，他根本无法独自站立，只能躺在摇篮里。

他长着一头乱蓬蓬的头发，脸色青黄，眼珠子就像两块烧得通红的炭，不安分地骨碌碌地转个不停。还不满十二个月，他就长出了一嘴的大牙，他的手像猫爪子，他的腿还没有鞭子杆粗，而且还不如镰刀直呢。更吓人的是，他的胃像个无底洞，嘴里还不停地喊啊、号啊、叫啊的。

邻居们都相信，这个不招人稀罕的小家伙来自鬼怪民族，于是，有几个人就劝朱迪用铲子把他铲出去。可朱迪的自

会飞的课本

Huifeidekeben

尊心不允许她这么做。

"这太不像话了！"

她想，"我亲生的儿子怎么能用铲子铲出去，像一只死猫或者一只被毒死的老鼠那样扔到外面的粪堆上去呢？不行，这样的话我一句都不想听！"

朱迪的心实在太善良了，她非常爱这个小魔怪。小魔怪才不管这一套呢，他什么样的恶作剧都干，越是让人恼火的事他越是喜欢。

终于有一天，来了一个叫蒂姆的流浪风笛手，借住到朱迪家里。蒂姆毫不掩饰自己的音乐才能，来了没一会儿，便取出风笛吹奏起来。成天躺在摇篮里的小东西一听到笛声，就竖起身子，咧开嘴巴笑了，后来，还把黄褐色的细胳膊和弯曲的腿也伸到空中挥舞着。

朱迪见了，对蒂姆说："把风笛借孩子玩一会儿吧。"蒂姆很喜欢孩子，当即就同意了。

可他是个盲人，看不见，于是朱迪把笛子递给了孩子。小家伙接过笛子立刻吹奏了一首名曲，他吹得好极了，每个人都惊诧（惊讶诧异）不已，可怜的母亲在胸前画着十字，蒂姆也十分高兴，当他听说这个小东西还不到五岁，而且从未见过笛子时，他立即祝贺朱迪有这样一个儿子："这孩子是一个天生的吹笛手，只要他跟我好好儿上几次课，公爵领地里就没有人能比得上他了！"

朱迪听了这番话别提有多高兴了，她想：这么说，我那可爱的孩子长大后不用沿街乞讨了，他可以正当地挣饭吃了。傍晚，迈克尔收工回来，朱迪把白天发生的事一五一十地告诉了他。迈克尔听了自然十分高兴。

第二天，他赶着一头小猪到市场上，用卖猪的钱定做了几只风笛。十四天后，笛子被送来了，小丑孩一见，高兴地叫了起来，并兴奋地挥舞着他那畸形的四肢，在摇篮里欢天喜地地摇晃着，样子十分好笑。

214

为了让他安静下来，大人们把笛子递到他的手中。他立刻吹奏了一曲，在场的人无不惊讶万分。

他那**精湛**（精深）的吹笛技术很快使他**名扬四方**。他一吹《猎狐》，人们就好像听见猎狗在吠叫、在追赶，猎人们或是赞扬或是责骂。他吹奏那些优美古老的爱尔兰舞曲时，想叫谁跳舞谁就得跳舞，那些男孩和女孩说："我们的脚就像不听使唤一样，再也坐不住了。"

小怪物还会吹奏一种绝妙

的、完全属于他自己的、人们从未听过的乐曲，他一吹这种曲子时，屋里的每样东西都仿佛想跳舞似的。碟子和碗在餐桌上叮叮当当，锅和锅盖在炉子上哐里哐啷，谁要是坐在椅子上，他会感觉到屁股底下的椅子在跳动。没人能长时间坐着不动，因为椅子和椅子上的人，无论他是男女老少，都会在疯狂的跳动中跌倒。当人们全倒在地板上滚作一团时，这个小丑孩就会幸灾乐祸地笑起来。

随着年龄的增长，小丑孩越来越淘气，他不是让他大哥被水烫着，就是让他二哥把腿磕断。他干过的坏事，就是讲一天一夜也讲不完。

不久，地主家的牲畜一个接一个地

出事，不是马得了头晕症，就是小牛犊再也站不起来了。地主认为这些事应该由小丑孩来负责，就这样，可怜的迈克尔丢了工作。

幸好很快就有人上门请迈克尔去干活，而且还是个不错的活儿。迈克尔马上就答应下来。

工作的地方离原来的家有几里远，全家人带着不多的家当赶着车向新家进发。当他们经过一座桥时，小丑孩突然坐起来四下张望，当他看见桥下的滚滚洪流时，怪声怪气地叫了起来，接着又敏捷地越过桥栏跳进了河里。

其他几个孩子赶快跑到桥的另一边，他们看见小丑孩从水底冒了出来，两

腿交叉着坐在一朵白色的浪花上，**兴致**
勃勃地吹奏着笛子。他顺流而下，甚至
比河水漂得还快，很快就漂得不见踪影了。

从那以后，就再也没人见过他。大
家都相信，他回到他的魔怪国度去了，给
那些跟他一样的魔怪吹奏风笛去了。